要是沒有偵探就好了

東川篤哉
Higashigawa Tokuya

目錄

倉持和哉的兩個不在場證明

一

「安西伯父，拜託，我這輩子就求您這一次了。」

九月夕陽斜射的客廳裡，坐在沙發前緣的倉持和哉，雙手撐在桌面深深低下頭。坐在正對面沙發的是體格矮小的老人。他板著臉喝光玻璃杯裡的涼酒，滿是皺紋的右手撥起稀疏的白髮，犀利如鷹的視線投向和哉。從這雙眼睛感受得到堅定的意志，和哉猜想老人會堅定拒絕。

數秒後，他的猜想完美命中。

「和哉，我先前也說過。這種刺耳的提議，休想要我從錢包拿出一毛錢。你低頭再多次，我都不會改變心意。」

毫不留情斷言的老人叫做安西英雄。是和哉妻子的大伯。

資產家安西高齡七十歲，短袖麻襯衫加上白色長褲的打扮充滿品味。拿著玻璃杯的右手無名指戴著閃亮的戒指，應該是鑽戒。戴在左手頗為花俏的手錶，看來是高級手錶的代名詞勞力士。是安西喜歡的款式。只不過，安西自己將這支手錶稱為「勞～力士」。不知為何，某個年紀以上的人們稱呼勞力士的時候，都會像這樣把第一個字拉長音。順帶一提，三十歲的和哉不曾擁有過勞力士或勞～力士。

「和哉，你聽好。」安西英雄將微紅的臉朝向和哉，帶著濃濃的酒味說教。「如果你想把我傳給你的西餐廳收掉，開新的店重新出發，就要靠你自己的錢跟才華去做。哼。想在街上開一間最時尚的咖啡廳？亂來。以為把經營困難的西餐廳改成稍微體面的咖啡廳就能快速賺錢？天底下哪有這種好事？到頭來，你以為這裡是哪裡？原宿？代官山？還是南青山？」

「不。」和哉說出位於眼前無法撼動的事實。「這裡是烏賊川市。」

烏賊川市。有人說這是確實位於關東某處的水產都市，有人說這是出自小說的虛構都市，也有人說這是只有罪犯與偵探想像的夢幻都市，簡直被當成都市傳說。

倉持家座落在烏賊川市繁華區的一角。雖說是倉持家，卻和一般有外門與庭院的住家不太一樣。倉持家是三層樓水泥建築，一樓是名為「Hero's Kitchen」的傳統西餐廳，二樓與三樓是倉持家的居住空間。和哉他們身處的客廳在二樓。

順帶一提，西餐廳「Hero's Kitchen」的店名，取自前任主廚安西英雄的名字。這間西餐廳的實質經營權，如今交棒給倉持和哉。雖然這麼說，但和哉不是廚師，也不是美食家。他將廚房交給聘雇的廚師們，自己則是專注於如何將有限的店鋪有效活用，將獲利提升到極限。日夜只朝著這個目標努力的餐廳老闆。這就是和哉現在的立場。

他名片上的頭銜是「餐廳總監」。目前還沒人檢舉造假。這是倉持和哉引以為傲的頭銜。

不過，自從和哉接管經營，「Hero's Kitchen」的業績每況愈下。昔日的常客遠離，又留不住新的客人。平常門可羅雀，赤字有增無減。

——必須在完全回天乏術之前想個辦法。

焦急的和哉，終於做出一個決定。就是轉型。放棄傳統西餐廳，改成以年輕人為客群的咖啡廳重新出發。這就是和哉的判斷。不，老實說，他覺得找一群年輕女生開一間色色的正妹酒吧最賺，但他終究不認為老古板安西英雄願意支持這種不成體統的計畫。所以和哉在「Hero's Kitchen」與「色色的正妹酒吧」之間取得平衡點，選擇「時尚的咖啡廳」。

不然的話，「色色的咖啡廳」也可以。

和哉內心無法完全拋棄這個偏向正妹酒吧的判斷，但是無論如何，只要沒得到安西的贊同，這項計畫肯定連一步都踏不出去。

因為安西雖然退出第一線，不過「Hero's Kitchen」的土地與建築物都登記在安西的名下。而且改裝店鋪需要高額費用。到最後，這些資金也只能仰賴資產家安西。這是和哉身處的事實。

因此，和哉邀請安西英雄來到自己家。他使用的誘餌，是從供貨商那裡取得的日本酒。前廚師兼老饕的安西熱愛美酒。

——我酒量很差不能喝，不過安西伯父喜歡喝吧？要不要來喝兩杯？加奈子不在，不過偶爾只有我們男人一起喝也不錯吧？

一個人閒得發慌的安西，完全沒有提防的樣子，接受和哉的邀約。

就這樣，在夏末依然炎熱的這天傍晚，和哉與安西英雄在倉持家客廳面對面的情境完成了。西餐廳正在放遲來的夏季長假。和哉和妻子加奈子膝下無子，加奈子也在數天前和主婦朋友們去台灣玩，預定兩天後回日本。因此，現在倉持家只有他們兩人。和哉抓住這個好機會，想在今晚把這件事做個了斷。

總之努力說服安西英雄。

不過，如果他不接受——

為了避免隱藏在內心的邪惡想法被看透，和哉維持溫和的表情繼續說。

「是的，這裡是烏賊川市。當然不是原宿或代官山那種地方。完全沒有時尚咖啡廳的印象。正因如此，也可以說競爭對手很少，我有十足的勝算。請您再考慮一下吧。」

「不，不行。居然說競爭對手少，你想得太美了。雖然可能不算是時尚咖啡廳，但外資的知名連鎖店也在烏賊川市開了好幾間吧？站前有『星巴克』，中央街有『塔利咖啡』，鹽辛街也有一間『艾瑟路希奧』。競爭對手反倒多得不得了吧?」

「恕我直言,站前的那間不是『星巴克』,是『星包克』。中央街那間不是『塔利咖啡』,是『查利咖啡』。鹽辛街那間不是『艾瑟路希奧』,是『埃瑟庫希奧』。」

「啊?」正要喝酒的安西,玻璃杯拿到嘴邊時停止了。「是嗎?」

「嗯。那些不是『外資系』,都是典型的『烏賊川資系』喔。」

烏賊川市。盜版比正版橫行,混淆不清的城市。

「什麼嘛,原來如此。」安西英雄犀利如鷹的雙眼,變得像是小鳥的眼睛。他將手上的涼酒一飲而盡,空玻璃杯重重放回桌面。「既然這樣,這種競爭對手真的很好應付吧?不,反倒說他們沒得比也不為過。好,和哉,知道這些就沒什麼好猶豫的。長達五十年的過氣西餐廳,現在就立刻收掉,早點改成時尚咖啡廳重新出發吧。不,乾脆開一間現在流行的正妹酒吧怎麼樣?比起時尚的咖啡廳,火辣正妹們聚集的正妹酒吧更適合烏賊川市吧?不然的話,在咖啡廳跟正妹酒吧之間取個平衡點,開一間『色色的咖啡廳』也行!」

「真……真的嗎?安西伯父!沒有啦,其實我的想法也完全相同……」

「嗯?想法完全相同?」這一瞬間,安西英雄的視線再度回復為犀利如鷹。

「你剛才說,你一直在想相同的事?」他筆直注視和哉。

「咦？是的。」和哉貿然點頭，接著立刻搖頭。「不……不是的！」

然而，一切都來不及了。安西壓低聲音，臭罵可惡的和哉。

「我很久以前就覺得可疑，原來你想把經營五十年的西餐廳改成酒店？」

「不……不對，不是酒店，是正妹酒吧……」

「還不是一樣！居然迷上這種酒色財氣的生意！」

「呃，是！」安西過於咄咄逼人，和哉在沙發上挺直背脊。接著和哉連忙雙手撐住桌面，將頭低到看得見髮旋。「知……知道了，到了這個地步，我再也不會提議轉型了。『Hero's Kitchen』在接下來的一百年，也會一直是西餐廳，不會變成咖啡廳或酒吧，當然也不會變成咖啡吧或正妹酒吧！」

「那當然。我是這麼希望的。」

大概是看到安哉叩拜的模樣感到安心，安西再度拿起桌上的玻璃杯。和哉迅速拿起日本酒瓶，為安西的杯子倒滿酒。

「和哉，麻煩今後別再提這件事。」

「知道了。安西伯父，我不會再提。」

和哉投以暗藏意義的視線，安西在他面前一鼓作氣乾掉一杯酒。就像是以白開水潤喉般豪邁。和哉發出感嘆的聲音，安西也喝得愈來愈快。只要安西杯子見底，和哉就倒入新的酒——

經過約一小時後，交談聲從倉持家消失，只聽得到安西英雄睡著的安穩呼吸聲。拒絕和哉提議的安西，後來就這麼繼續被勸酒，終於喝到在沙發上熟睡。不對，正確來說，和哉預測會變成這樣，才一直讓安西喝他愛喝的酒。一切正如計畫進行，和哉咧嘴露出笑容，從自己的沙發起身。

「安西伯父，請別怪我啊。您太頑固了，才會變成這種結果。如果您接受我的說服，我就不必做到這種程度。可是，您把我給的最後機會都糟蹋了。既然這樣，我也只能按照預定執行計畫……慢著，我究竟是在對誰說明啊？」

和哉略為自嘲低語，注視一直躺在沙發熟睡的安西。

和哉要讓安西英雄在今晚死亡。

他當然要親自下手。

若是安西英雄過世，姪女加奈子將會流淚落入深沉的悲哀吧。同時，只要安西過世，依照他的遺囑，他持有的建築物或土地等資產，將會全部由他唯一的親屬——加奈子繼承。加奈子肯定會流淚開心不已。他的妻子就是這樣的女人。

加奈子精打細算，和哉野心勃勃。多虧如此，夫妻感情非常好。等到妻子獲得遺產，丈夫和哉也能充分發揮「餐廳總監」的本領。這麼一來就太棒了。集結火辣正妹在這座烏賊川市風光開一間正妹酒吧的理想未來肯定能開拓成功，簡直是美事一樁。比起土裡土氣販售蛋包飯或牛肉燴飯的未來好太多了。

「鬆餅與法式土司也不重要了。」

不知何時，連「時尚咖啡廳」的藍圖，和哉也已經從腦海趕走，經營非正派生意的慾望逐漸開始抬頭。他自己都覺得這個目標設定得很隨便，不過，總之這不是問題。錢要怎麼用，等到真正獲得再想吧。

重點是必須殺掉安西英雄。不過，光是殺掉還不夠。

殺害之後不能被懷疑是凶手。不過，天底下真的有這種巧妙的殺人方式嗎？

這半個月左右，和哉一直思考這個問題。

不過，現在重新思考就覺得，完美的殺人方法並非那麼好想。

十天前，他構思的是單純至極的詭計。比方說，將殺害對象的手錶指針調快一小時，然後踩壞。這麼一來，刑警看過屍體肯定會這麼說吧。

「蛋包飯警部，請看。死者手錶的指針停在九點。」

「乾咖哩刑警，你真是觀察入微。看來可以認定這就是行凶時間沒錯。」

刑警們肯定會立刻詢問和哉的不在場證明。不過，面對刑警們的詢問，他將以從容的態度這樣回答。

「案發的晚上九點，我獨自在距離很遠的中式餐館，吃了滑蛋蟹肉燴飯。」

面對完美的不在場證明，烏賊川警局引以為傲的西餐搭檔捲著尾巴撤退——大概就是這樣。

但是，不可能。再怎麼說，最近的警察也不會被這種單純的伎倆矇騙。即使是以前的警察，果然也不會中計吧。這始終是只適用於早期推理小說或電視劇的伎倆。

——而且，弄壞勞力士有點可惜。

如此心想的和哉，將這個詭計趕出腦海，尋找其他的可能性。

一週前想到的詭計，是比上一個詭計稍微複雜的替身詭計。

簡單來說，就是找個酷似自己的人，讓他當替身。不過，實行這種替身詭計有個很大的障礙，就是要找出和自己一模一樣的共犯。如果沒人能當替身，這個詭計就是紙上談兵。

——不過，天底下哪有這種順心如意的共犯？

即使和哉覺得這個詭計吸引他，還是不得不放棄執行。

這樣的和哉，是在短短五天前擬定最終的殺人計畫。不是什麼奇特的手段，反倒是單純的做法。不過只要順利，就可能騙過警察。

和哉已經取得這個計畫所需的「凶器」。

這個「凶器」正是本次計畫的關鍵。

為了避免吵醒安西，和哉躡手躡腳移動到同一層樓的更衣間。打開更衣間深處的門，門後是浴室。他確認預先準備的「凶器」放在浴缸裡。

是一池髒水。他從烏賊川打來大量的水，裝滿倉持家的浴缸。

和哉看著汙濁的水面，暗自露出殘忍的笑容。

「如果只是要溺死一個人，在浴室就做得到……」

二

晚上八點半，倉持家玄關的門鈴響了。倉持家的居住空間是二樓與三樓，不過只有玄關位於下樓之後的一樓。從西餐廳的角度來看，玄關位於店鋪的後門。和哉立刻下樓，打開玄關大門。

出現在他面前的，是身穿老舊西裝，標準身材的三十歲男性。他一看見和哉就親切地說著「嗨，您好您好！」愉快地舉起單手，就算這麼說，這名男性也完全不是和哉的好友或舊識。

這名不起眼的男性，也是為了這次犯罪預先準備的棋子之一。這是和哉故意邀請來到自家，用來證明自己清白的「善意第三人」。

這名「善意第三人」在和哉面前按著胸口，畢恭畢敬低下頭。

「初次見面，我是鵜飼。鵜飼杜夫。來自標榜『歡迎麻煩事』的鵜飼杜夫偵探事務所，擁有可靠的技術與信賴的笑容，是您的祕密好搭檔。請多指教。」

「呃……可靠的技術與……信賴的……什麼？」說明過長，和哉頓時愣住。但他立刻露出尷尬的笑容，從腦海趕走這些不重要的疑問。「哈，哈哈……哎，怎樣都好。總歸來說，您是偵探先生吧？」

「是的。感謝您本次打電話委託。」

「不，我才要道謝。抱歉這麼晚請您過來一趟。畢竟白天比較忙，想說這個時間比較能好好談。啊啊，您剛好在約定的八點半抵達耶，不愧是偵探先生，真準時。我原本還緊張了一下，擔心您沒在約定的八點半抵達。」

「——請問，您是在對誰說明？」和哉說明過多的這番話，大概令鵜飼感到突兀，他先是注視玄關內部，東張西望，然後以疑惑的表情詢問。「難道說，現在有其他客人來訪？」

「咦？」為了避免內心的慌張被看透，和哉拚命佯裝鎮靜。「您為什麼這麼認為？」他面不改色詢問，結果得到意外的答案。

「沒有啦，這裡有雙尺寸不一樣的鞋子，我想說可能有人先到……」

聽到這番話，和哉倒抽一口氣。鵜飼的指摘沒錯，換鞋處的散亂鞋子中，一雙小一號的白色皮鞋大放異彩。這正是安西英雄穿來的鞋子無誤。和哉一瞬間僵住，但是下一瞬間，他迅速蹲下去拿起這雙鞋，朝著鞋櫃——扔！接著若無其事關緊鞋櫃。

「那是內人的鞋子。」

「咦，啊啊，原來如此。沒有啦，其實是誰的鞋子都沒差。」鵜飼興趣缺缺地輕聲說完，指向玄關台階。「請問，方便讓我上去嗎？」

「那當然。」和哉擠出最燦爛的笑容，邀請偵探進入自家。「請上來。不用客氣，這邊請……」

和哉帶領鵜飼經過走廊，將階梯下方的一扇門完全開啟。鵜飼踏入門後寬敞開放的空間，立刻發出感嘆的聲音。

「喔喔，天啊，太棒了。真寬敞的空間。天花板也好高！」

偵探對天花板讚不絕口的樣子，令人想到某電視台的長春節目「渡邊篤史的建築物探訪」。

「嗯……厚重的木桌，復古風格的椅子。天花板的照明也好美！喔喔，這邊是廚房嗎？原來如此，是現在流行的開放式廚房吧。哎呀，真美妙！倉持先生，這客廳洋溢奢華的高級感，羨煞人也！我也好想住在這樣的家！」

「謝謝。」和哉姑且出言道謝，接著說出天經地義的事實。「不過，這裡不是客廳喔，是西餐廳的外場。」

「啊，什麼嘛～～」鵜飼語氣變了，像是早知道剛才就別羨慕。「我就覺得桌椅也太多了，還有吧檯跟收銀檯。原來如此，這裡確實是西餐廳內部。這就是名聞遐邇的『Hero's Kitchen』吧？」

「嗯，是的。客廳在二樓，這裡是店鋪……」

可是，這種事一看就知道吧？你沒問題嗎？和哉突然擔心起來。今晚犯罪計畫的重要角色，真的可以交給這種隨便的傢伙嗎？

不過，和哉像是要甩掉懦弱蟲般搖了搖頭。

——不能畏縮。計畫既然已經開始，就只能做到底！

和哉毅然決然抬起頭，一個轉身朝鵜飼說話。「話說回來，鵜飼先生……」但他的話語只碰到牆壁反彈。不知為何，店內到處都看不見鵜飼的身影。「咦？偵探先生……等一下，偵探先生！」

和哉連忙打開門，前往走廊。一瞬間，他全身起雞皮疙瘩，背上冒冷汗。

鵜飼居然擅自要走上二樓。

「等……等一下！偵探先生，您……您在什麼？您要去哪裡？」

鵜飼在階梯中途停下腳步，一邊轉身，一邊指向二樓。

「還能去哪裡？客廳不是在二樓嗎？」

「…………」當然沒錯。倉持家的客廳在二樓。

不過，安西英雄酒醉睡在二樓。不只如此，浴室的浴缸裝滿烏賊川的泥水。

要是這名偵探踏入這種場所，又像剛才那樣演起「建築物探訪」就麻煩了。今晚的計畫將立刻喊停。

——可惡，休想！

臉色大變的和哉一口氣衝上階梯，站在比鵜飼高一階的位置。他轉身面向鵜飼像是要推他般伸直雙手大喊。

「請下樓！委託您的事情，我會在店裡說明！」

就這樣，數分鐘後，在「Hero's Kitchen」的店內——

吧檯後方的和哉就像是酒保，幫鵜飼點飲料。

「偵探先生，要喝點什麼嗎？咖啡？啤酒？還是碳酸酒？」

不過，坐在吧檯座位的鵜飼，舉起單手大幅搖動拒絕。

「不不不，我怎麼敢呢！我始終是來工作的，怎麼可以喝飲料……更不用說酒精飲料，我原則上在工作的時候滴酒不沾……不，這樣啊，可是……啊啊，我懂了……這也沒辦法呢……那麼，用那邊架上的『山崎』調杯碳酸酒吧！」

剛開始的拒絕態度是假的嗎？和哉納悶不解。鵜飼還厚臉皮進一步補充說：

「我要少冰，檸檬汁多一點！」

「…………」鵜飼杜夫，你明明很想喝免費的酒吧！

和哉暗自傻眼，但還是以緩慢的動作，依照偵探的要求調酒。

不，正確來說不算依照要求。因為偵探說的那瓶酒，實際上不是「山崎」。標籤以看起來很像「山崎」的字體寫著「川崎」。就算這麼說，這也不是神奈川縣的酒。是堅持使用烏賊川河水的當地酒廠獨自釀造的威士忌。「什麼嘛，那不就是『山崎』的山寨版嗎？」對於消費者的批判聲浪，酒廠老闆堅稱「不是山寨版，味道和『山崎』完全不一樣！」確實，嗆辣又沒深度的味道，充滿烏賊川市特有的原創性，這在部分酒客之間獲得好評。

以「川崎」調成的碳酸酒，和哉緩緩端給吧檯座位的鵜飼。

對於和哉來說，所有行動都得花點時間。因為盡量讓這名偵探待在這間店久一點比較好。偵探停留的時間愈長，和哉的不在場證明就愈穩固。

「我酒量很差，所以陪您喝這個。」

和哉拿起裝有烏龍茶的玻璃杯。鵜飼也高舉裝有免費酒的玻璃杯。

「乾杯。」兩個玻璃杯隔著吧檯碰觸，發出清脆的聲音。

然後，和哉終於說明委託的內容。當然是拖時間慢慢說。

「其實是我養的貓失蹤，希望偵探先生可以幫忙找……牠叫做咪子……是毛色很漂亮的白貓……啊啊，需要照片的話，請看這張……」

不用說，這個委託是幌子。是將偵探打造成和哉清白證人的謊言。和哉沒有愛貓愛到雇用職業偵探找自己養的貓，到頭來，咪子也沒失蹤，只是暫時把牠藏在衣櫃裡。

不過，不知情的鵜飼對這個委託頗感興趣。

「嗯，原來如此原來如此，找寵物嗎？那我有經驗喔。當時跑遍全市找一隻三花貓，另一方面華麗破解看似完全犯罪的命案。記得那是距今約一年前，不，是三、四年前嗎？不對不對，感覺好像已經是十年前的事……」

「…………」他在說什麼？和哉不禁蹙眉。

——哎，算了。剛好可以消磨時間。

和哉換個念頭這麼想，走出吧檯，坐在鵜飼旁邊的座位。

「喔，聽起來挺有趣的。是什麼樣的事件？」

和哉這麼一問，鵜飼就單手拿著玻璃杯，意氣風發地說起昔日的事件（不過這件事和今晚的事件完全無關，所以細節省略）。

到最後，鵜飼炫耀自己昔日的功績，講了一個多小時。他已經喝掉三、四杯碳酸酒。回過神來，時鐘指針顯示時間是晚上九點五十分。是時候了吧。如此判斷的和哉，像是要打斷鵜飼說話般，說句「我失陪一下」微微低頭，緩緩從吧檯座位起身，就這麼要離開西餐廳外場。「等一下。」鵜飼突然在他身後叫住他。

「！」和哉受驚縮起脖子，戰戰兢兢轉身。「偵……偵探先生，什麼事？」

「沒有啦，想說您要去哪裡。」
「要……要去哪裡……我要去上廁所，廁所。廁所在二樓。」
「這樣啊。不過，這裡不是也有廁所嗎？看，那裡有寫。」
鵜飼指向牆上的時鐘。時鐘旁邊有張「洗手間↓」的導引。這裡是餐廳，所以有廁所，這是當然的。但和哉基於某個原因，無論如何都要到二樓一趟。此時他說出預先想好，極具說服力的藉口。
「那是顧客用的廁所，店裡的人不能用。這邊是這樣規定的。」
「那麼，我准。您可以用喔。好啦，請不用客氣，儘管用吧。」
「儘……儘管……」混蛋，這是你的店嗎？
和哉臉頰抽搐，但還是勉強維持冷靜的語氣。「沒有啦，那個，其實我上習慣的廁所比較安心，所以還是去二樓的廁所……」
和哉害羞搔抓腦袋，開門來到一樓走廊。
這一瞬間，和哉的表情變成殘忍的殺人凶手。他就這麼像是貓一樣敏捷衝上樓，轉眼抵達二樓的客廳。沙發上，喝醉的安西英雄依然繼續呼呼昏睡。
和哉蹲在沙發旁邊，雙臂繞過安西身體，將他抱起來。即使是以體力自豪的和哉也覺得沉重。這股獨特的重量感，和平常背起或抱起別人的手感完全不同，如果安西不是瘦小的老人，和哉肯定也吃不消。和哉用盡全力扛起安西，筆直走向浴室。

他的面前，是裝滿烏賊川河水的浴缸。

——再來只要把這傢伙的身體塞進這池髒水就好。

和哉如此心想，準備將安西放進浴缸的這個時候！

「唔唔……」睡著的安西突然隨著這聲呻吟清醒。「唔，是你啊……」

「！」和哉過度驚嚇，全身寒毛直豎。

差點脫口而出的尖叫聲，和哉硬是吞回肚子裡。他連忙朝手臂使力，硬是將安西的頭按進浴缸。在水裡倒栽蔥的安西無從抵抗。和哉不顧一切，就只是一直按著安西的頭。充滿緊張與恐怖的時間經過數十秒。

終於，安西英雄的身體逐漸失去力氣——

短短數分鐘完成行動的倉持和哉，面不改色回到西餐廳前場。獨自在吧檯等待的偵探，瞥向牆上時鐘對他說：「怎麼樣，舒坦了嗎？」這句話就某些角度聽起來似乎暗藏玄機。

行凶餘韻未消的和哉不禁慌了一下。「哪……哪有什麼舒坦不舒坦，這……這種事……」他不小心做出害怕的反應。不過，鵜飼當然只是在講上廁所的事，並不是猜到什麼端倪。察覺這一點的和哉連忙點頭。

「是……是的！舒坦多了。這麼說來，偵探先生的那件事還沒說完吧？」

和哉再度坐在鵜飼旁邊的座位，催促他說下去。接著，鵜飼不知為何以恍惚的眼神看過來，一邊忍著呵欠，一邊口齒不清地說話。

「呵啊，跟三花貓有關的那個命案，我只講到一半……」

「您只講到一半……等一下！」和哉察覺鵜飼的變化。「啊！」他倒抽一口氣，然後拿起面前桌上的「川崎」酒瓶，放聲大喊。「哇啊啊啊啊～～！」

不知何時，瓶內空空如也。

「這……這瓶酒，剛才明明還有一半左右……難……難道！」

和哉將鼻子湊到旁邊偵探的臉前嗅了嗅。偵探身體冒出濃濃的酒精味。這件事過分到和哉差點一把揪起偵探的衣領。

「您……您喝了吧？您喝光瓶裡剩下的酒，而且是一口氣喝光！」

「沒有喔，我完全沒喝。只喝了那麼一點點……」

和這番話相反，鵜飼明顯已經喝得爛醉。

「…………」太大意了。和哉臉色蒼白，嘴唇顫抖。

只是短暫離開，居然喝得這麼豪邁又不客氣，超乎和哉的預料。他做夢都沒想到這個人臉皮厚成這樣。不過既然喝光也沒辦法了。

接下來才是問題。

假設就這樣迎接明天早晨來臨。到時候，如果偵探完全不記得前一晚發生的事，那該怎麼辦？不就沒人能證明我的清白嗎？從偵探喝掉的酒量來看，十足有這個危險性。

不過，這樣就麻煩了。如果尚未行凶，還可以中止計畫。但是事到如今也不可能了。安西英雄已經成為一具溺死的屍體，沉在浴缸裡。再來只需要將這具屍體運到烏賊川，讓屍體浮在差不多髒的水面就好。走到這一步，犯罪計畫不可能中止或延期。

和哉抱著祈禱般的心情，確認鵜飼的神智。

「偵探先生，真的沒事嗎？應該不會喝太多失憶吧？您確實記得今天晚上的事情吧？拜託了，偵探先生！」

「呃～～沒問題，沒～～問題！我不會忘記的～～～！」

「…………」這……這是緊急事態！

和哉全力運轉大腦，思考對策。

鵜飼一臉悠哉，看著和哉嚴肅的表情。「哎呀？這樣不好嗎？您在生氣嗎？那麼，沒關係喔，酒錢請從我的報酬扣吧。」

「不是這種問題啦！」和哉忍不住大聲嚷嚷。

——混帳，既然這樣，只能動用最後手段了！

和哉下定決心，對身旁的鵜飼凶狠下令。「偵探先生，請張嘴一下！」

「咦，為什麼？」鵜飼露出不明就裡的表情。和哉的右手伸向鵜飼的嘴，企圖撬開他的嘴脣。鵜飼含著和哉半截手指，「嗚呃，嗚呃！」噴口水劇烈抵抗。

「這……這是在做什麼，倉持先生！就……就算是委託人，怎……怎麼可以把手指插進偵探嘴裡！我第一次遭遇這種事！」

「——可惡，不行嗎？」

將手指插入鵜飼的嘴，硬是催吐的作戰，就這樣輕易失敗。

老實說，和哉也不太想採用這個作戰，所以沒有意願再試一次。不過，他這個突兀行動似乎讓鵜飼一下子醒酒了。

「倉持先生，您也很亂來耶。我擅自喝掉的酒讓您這麼不捨？」

「不，哎，並不是這樣，但是偵探先生如果失去記憶，明天的事會……不，這是我自己的問題，請別在意……啊啊，對了！」

和哉從椅子起身，再度走到吧檯後面。隔著吧檯和鵜飼相對的和哉，拿著平底鍋這麼說。

「只喝酒的話，宿醉會很嚴重，最好吃點東西。我來做吧。雖然不是正職，但是別看我這樣，我廚藝很好喔。想吃點什麼？」

「咦，什麼都能做給我吃嗎？真開心。」

鵜飼愉快說完，立刻屈指點自己喜歡的菜色。

「我想想，先來毛豆、烤魟魚鰭干、芥末章魚，然後炸雞軟骨、煎餃……」

「嗯嗯，毛豆、烤魟魚鰭干、芥末章魚跟炸雞軟骨……慢著，喂！」

和哉突然扔下平底鍋，隔著吧檯伸出粗壯的手臂，揪住偵探的衣領。「鬧夠了沒啊！全都是下酒菜吧！你還想繼續喝嗎？」

委託人過於咄咄逼人，偵探像是嚇到般繃緊表情。

「沒……沒有，我不會再喝了！我……我原則上在工作的時候滴酒不沾！」

三

後來，時間繼續來到晚上十一點多。偵探將倉持和哉特製的番茄義大利麵與清雞湯吃得乾乾淨淨。「那麼，找貓的任務請交給我吧。我一定會找出來。」他握拳用力敲自己的胸膛。「那麼，我先告辭。」他說完這句話，就以蹣跚的腳步離開「Hero's Kitchen」。

「拜託了。請千萬別忘記今晚的事喔。求求您喔。」

和哉在玄關門口反覆叮嚀，抱持祈禱的心態目送鵜飼的背影。

終於剩下和哉一人之後，他走樓梯上二樓。安撫內心不安的話語成為呢喃，從口中滿溢而出。

「不會有事的……沒問題……那個偵探，身體雖然醉了，不過大腦到最後都維持還算正常的狀態……肯定是這樣。」

只是，在「還算正常的狀態」就那麼厚臉皮又糊塗，那麼在不正常的狀態，究竟會變成什麼樣的怪物？想到這裡，和哉還是不得不承認自己選錯人了。

「聽說他是在警界也很有名的偵探……是不是哪裡搞錯了？」

和哉一邊納悶，一邊走到二樓，筆直前往更衣間，進入深處的浴室。浴缸裡是斷氣一小時以上的安西英雄屍體，維持和剛才相同的姿勢沉入髒水。

「再來，只要讓這具屍體隨便浮在烏賊川某處……」

看起來就像是老人喝醉落河溺死。不，看起來只會是這樣。警方肯定會當成常見的溺死意外處理。因為烏賊川市近年來重大案件頻傳，年長者的溺水事故也不斷發生。光是處理重案就沒有餘力的警察，應該只會敷衍跑一遍辦案程序就結案吧。不會進行分析入微的徹底搜查。

這是和哉打的如意算盤。

「沒問題，肯定會順利。再努力一下就好。」

和哉像是鼓舞自己般輕聲說著，朝浴缸屍體伸出雙手——

約一小時後的深夜十二點多，一輛自用車行駛在烏賊川沿岸道路。握方向盤的人，是一身漆黑服裝的倉持和哉。副駕駛座與後座都沒人。不過只要打開後車箱，就會看見裹著毛毯橫躺的安西英雄屍體。和哉在這種頭皮發麻的狀況中拚命行駛。

「被臨檢就完了……」

對自己這麼說的和哉，額頭浮現汗珠。不過，為了完成本次的犯罪計畫，這再怎麼危險都是必經之路。到頭來，殺人本身就是伴隨風險的賭注。這種程度的危險車旅，只能以魄力與膽量克服。

大概是這份大膽招來幸運，載運屍體的車沒被攔查也沒遇到臨檢哨，順利抵達烏賊川的岸邊。

和哉在河岸的陰暗小徑行駛一小段之後停車。這裡是他探勘好幾次之後選定的場所。是水流暫時平緩，來自上游的泥土與垃圾堆積起來，變得像是汙濁水池的場所。讓屍體浮在這裡，就不用擔心被沖走。這是本次計畫不可或缺的重點。浮在河面的溺水屍體，就這麼順著水流漂流到遙遠太平洋的遼闊海面，數天後才被發現——要是變成這樣，今晚費心準備的不在場證明就白費了。

屍體最好迅速又確實地被人發現。

基於這個原則，這裡是最佳場所。這附近曾經好幾次出現浮屍，也就是溺水意外落河或跳河自殺頻傳的區域，對於警察來說也是重點巡邏區域。浮屍肯定會在這晚就被發現。

不過，既然是重點巡邏區域，也代表這裡被鎖定是棄屍現場的危險度很高，雖然需要注意這一點……「總之，只能做了！」

和哉對自己打氣，衝出駕駛座，迅速環視四周。附近沒有人影。確認安全之後，和哉立刻繞到車後，打開後車箱。粗魯剝掉毛毯，露出安西英雄溼答答的身體。和哉將這具屍體扛在右肩，就這麼穩穩踩著河岸地面，好不容易到達河邊。

從肩膀放下屍體，輕輕讓屍體從河岸岩地流入汙濁的水。幾乎沒發出水聲。離開和哉雙手的屍體，以張開雙手的姿勢浮在岸邊水面。無論誰怎麼看都是溺水意外的犧牲者，或是決心自殺成功的老年人。正如預料的光景，使得和哉確信自己的犯罪計畫成功。

「沒事的……沒有任何問題……」

但是沒空沉浸在成功的餘韻。和哉一個轉身，跑回自己的車。關上後車箱，坐進駕駛座，花短短幾秒發動引擎之後起步。車子就像是屁股點火的山豬，穿過河岸的小徑，再度來到沿岸道路。接下來面不改色當個安全駕駛就好。和哉將車子開在回家的路線上。

過橋到一半，他的車偶然和兩輛白色腳踏車會車。是正在騎腳踏車巡邏的警官們。他們晚點肯定會發現浮在河面的屍體。

「拜託了，巡警先生……」

和哉輕聲說著，從後照鏡目送腳踏車逐漸遠離。

四

隔天，「Hero's Kitchen」依然在放暑假。妻子正在國外旅行。在這樣的狀況中，倉持和哉一個人在家懷著煎熬的心情，等待安西英雄離奇死亡事件的第一手消息。

到了上午十一點，倉持家玄關門鈴終於響了。

和哉連忙衝下樓，猛然打開玄關大門。出現在門後的不是烏賊川警局的刑警們，是昨晚的私家偵探鵜飼杜夫。

鵜飼一看見和哉，照例以悠哉的聲音說「嗨，昨天謝啦！」開朗問候。他斜背一個大大的黑色背包。和哉猜不透偵探來訪的意圖，總之先讓他到二樓客廳。

首次踏入倉持家客廳的鵜飼，照例說著「喔喔，好氣派的沙發。充滿彈性，坐起來真舒服。木質地板也是亮晶晶的。哇，天花板挑高，太美妙了！」和昨天一樣模仿「建築物探訪」稱讚一輪。看鵜飼終於說得心滿意足之後，和哉邀他坐在沙發。

「話說回來，偵探先生，您上午過來有什麼事嗎？」

「對對對，就是這件事。」鵜飼撫摸背包開口，「呼呼呼……」露出充滿自信的笑容。「您等待已久的東西，我早早就帶來了。」

「等待已久？」但他看起來不像是帶著事件的消息前來……

鵜飼在沒能掌握狀況的和哉面前打開背包。關在裡面的肥胖白貓，隨即從開口探出頭，充滿活力地「喵！」了一聲。

「這是您在找的咪子喔。」鵜飼厚臉皮地如此斷言。

「呃……這是咪子？」和哉傻眼注視這隻完全不像愛貓的肥胖白貓。「很可惜，這不是我在找的貓。」

畢竟真正的咪子藏在衣櫃裡，所以偵探再怎麼努力也不可能找到。

到頭來，這次的委託始終是將鵜飼打造成和哉清白證人的權宜之計。重點不是貓，是鵜飼是否確實保有昨晚的記憶。對此，和哉難以拭去些許的不安，隨口詢問鵜飼。

「話說回來，您今天早上狀況怎麼樣？確實記得昨晚的事嗎？」

「是的，託您的福，我記得很清楚喔。不過，不只是昨天，您好像特別關心我的記性，究竟是為什麼呢？」

「沒……沒有沒有，我不是在關心。只是想說難得拜託專業偵探，可不能把委託的內容忘掉……」

「放心，我沒忘喔。就因為沒忘，所以我今天從一大早就在烏賊川河岸勤快找白貓啊？原來如此，這隻白貓是路人……更正，路貓啊。」

「河岸？」這個詞令和哉不禁在沙發上挺直背脊。「偵探先生，您去了烏賊川河岸？那麼……您有沒有看到烏賊川浮出什麼詭異的東西？」

「啊？詭異的東西？」

「沒事，我是問您剛才去烏賊川，有遇到什麼事嗎？」

「喔喔，您問這個啊。」鵜飼像是終於聽懂般點頭。「這麼說來，聽說深夜發現河面有屍體，河岸多少有點嘈雜。好像是有人喝醉落河淹死。不過，這種意外在這座城市很常見。」

和哉忍不住嚥了一口口水，事不關己般點頭。

「原……原來如此，確實是很常見的意外。」

「說不定是自殺。因為死者好像是老人家。」

「嗯，也有這個可能性吧。無論如何都令人難過。」

「不，等一下，或許是他殺。像是為了遺產或保險金而殺人……」

「……唔！」鵜飼杜夫，真是敏銳的傢伙！和哉在內心咂嘴。「不不不，這是您想太多吧？」他裝蒜看向天花板。「總……總之，這隻白貓不是我的貓。不好意思，可以麻煩您放回河岸嗎？」

「咦～～是嗎～～這隻貓挺可愛的耶～～」

不是這種問題。和哉狠狠瞪向偵探。「請放回去！」

委託人一聲令下，偵探垂頭喪氣將白貓放回背包，從沙發起身。

「那麼，我再去找白貓吧。總之，發現類似的就帶來給您看。」

「別帶類似的，拜託帶真正的咪子回來吧，偵探先生。」

不過，這是不可能的。和哉在內心吐舌頭，和鵜飼一起走出客廳，下樓前往玄關。和哉將抱著背包的鵜飼送到玄關門口。就在這個時候——

站在玄關前面道路的可疑雙人組，映入和哉的眼簾。

一人是身穿開襟上衣的中年男性，另一人是身穿樸素西裝的年輕男性。兩人乍看都像是不起眼的上班族，但是強悍的表情與犀利的目光，令人覺得他們不是普通人。

——這兩人，難道是蛋包飯警部與乾咖哩刑警？

和哉不禁提高警覺。一旁的鵜飼突然發出開朗的聲音，叫著兩人的名字。

「嗨，不得了不得了，這不是砂川警部與志木刑警嗎？」

雖說早就猜到，但是刑警們突然來訪，和哉慌張不已，緊張到像是在玄關門口生根不動。相對於這樣的他，鵜飼像是見到懷念的朋友，主動走向兩人。

「烏賊川警局引以為傲的得分王與助攻王雙雙出馬，真是我的榮幸。所以，兩位找我究竟有什麼事？又懷疑流平殺人了嗎？」

「哼，很抱歉，不是來找你的。」叫做砂川警部的開襟上衣男性，很乾脆地經過鵜飼身旁，走向就這麼站在玄關門口的和哉。砂川警部熟練出示警察手冊，犀利注視和哉的雙眼。「是倉持和哉先生吧？您夫人在家嗎……喔，出國旅行不在啊……那麼，沒辦法了。看來只能和您說了。方便給點時間嗎？」

客氣卻不容分說的堅定語氣。和哉只能點頭。

「嗯，沒問題。如果不介意站著說，請在這裡說吧。」

「這樣啊。其實對於倉持先生來說，這是個噩耗……」

砂川警部剛開口，卻立刻像是難以啟齒般扭曲表情，然後指著面不改色站在旁邊的偵探，詢問和哉。「那個……可以讓這個人就這麼留在這裡嗎？我覺得請他離開，我們會比較方便談事情。」

「不，沒關係喔。我一點都不介意。」鵜飼說。

「沒人問你的意見！我是在問倉持先生。喂，志木！」

警部一喊，志木刑警就立刻回應「有，警部」，抓住礙事偵探的後頸，作勢要趕他離開。偵探像是不情不願般扭動身體抗拒。

「好了好了，別這麼無情。」和哉要求有點激動的刑警們冷靜下來。「他是我雇來找寵物的偵探，請不要擅自趕他走。畢竟依照狀況，他可能會站在我這一邊。不提這個，您說的噩耗究竟是什麼？」

聽到和哉這麼問，砂川警部重新露出沉痛表情。

「其實，安西英雄先生過世了。您知道安西先生吧？」

「嗯，當然。是我太太的大伯。不過，怎麼可能？我不相信。他真的走了？究竟為什麼？是發生車禍之類的嗎？」

「昨天晚上，巡邏警官發現他在烏賊川岸邊溺水。雖然立刻拉他上來送醫，卻已經回天乏術。真的很遺憾。」

「這樣啊。不過，安西伯父為什麼會在海邊溺水？還是在晚上？」

「安西先生好像喝了不少酒。酒醉的安西先生，在晚風的引誘之下，蹣跚走到河岸，不小心摔到河裡，就這麼與世長辭。這是目前的推測。」

「原來如此。那麼，這是常見的溺水意外？」

「或許是自殺。安西先生自殺的理由，您心裡有底嗎？」

「不，沒想到什麼具體的可能性。不過，畢竟是那把年紀，或許內心懷抱某些不安吧。像是健康的問題，或是將來的問題。」

「確實有這個可能性。不過，說不定是他殺。」

「……………」來了！和哉暗自加強警戒。「他殺？有什麼疑點嗎？」

「沒有沒有，並不是這樣。只不過，案發現場是夜晚的河岸。如果有人悄悄接近到安西先生的背後，朝他的背用力一推……」

「原來如此。這樣就和意外或自殺難以辨別了。」

和哉一邊點頭，一邊在內心大呼痛快。砂川警部甚至沒想到他殺的可能性，甚至沒想過行凶地點是遠離烏賊川的這間倉持家浴室。砂川警部認定即使這是他殺，也是發生在烏賊川岸邊的事。

只要警方這種平庸至極的想法根深柢固，和哉就堪稱高枕無憂。因為他昨晚有不在場證明。和哉突然變得強勢。

——好啦，你就問吧！你想確定我昨晚的不在場證明吧？

和哉以心癢難耐的感覺，從正面注視砂川警部。警部像是回應和哉的期待般緩緩開口。「話說回來，方便我問一個問題嗎？」

「好的，沒問題。請儘管問。」

「感謝協助。那麼，我就不客氣直接問了，其實我想請倉持先生提供昨晚的不在場證明。不，並不是懷疑您。只不過，依照安西先生熟人的說法，他的親人只有一位姪女，也就是您的妻子。安西先生過世之後，遺產都會由您的妻子繼承吧？這麼一來，我認為姑且需要調查一下……」

警部嘴裡說「姑且」，其實很明顯在懷疑和哉。但和哉刻意笑咪咪地點頭。

「原來如此，不在場證明嗎？不，您會這麼問是當然的。」

「總之，請當成這只是形式上的詢問吧。」砂川警部帶著歉意搔了搔腦袋，終於開口詢問和哉的不在場證明。「安西英雄先生的推定死亡時間，是昨晚十點左右。正確來說，應該是晚上九點到十一點這兩個小時之間。這段時間，您在哪裡做什麼？」

「嗯，晚上九點到十一點嗎？哎呀，真巧，這段時間，我正好在這個家的一樓喔。倉持先生，您說對吧？」不知為何，是鵜飼回答這個問題。

「沒人問你的不在場證明！不准擅自插嘴！喂，志木！」

警部一喊，志木刑警再度立刻回應「有，警部」，抓著鵜飼的背，將他拖離和哉。「真是的……」鵜飼隨著嘆息退後。

面對詢問不在場證明的警察，真凶以從容的態度說出假的不在場證明——凶手最風光的這一幕，被愛出風頭的偵探漂亮搞砸。和哉一時衝動得想朝鵜飼的鼻頭一拳打下去。不過，無論是誰作證，不在場證明就是不在場證明。和哉吐氣平息怒火，以冷靜的表情承認鵜飼那番話。

「嗯，偵探先生說得沒錯。那段時間，我一直和這位偵探先生待在這個家的一樓，要委託他找寵物。換句話說，這位偵探先生是證人。」

和哉指向鵜飼，鵜飼重新點頭回應「確定沒錯」。

「唔～～這樣啊……」兩人證詞一致，警部見狀發出遺憾的聲音。

「您接受了嗎？」和哉臉上露出勝利者的笑容。

「嗯，這確實是很棒的不在場證明。」警部點了點頭，緩緩豎起一根手指，不死心地繼續追問。「不過，方便我再問一個問題嗎？」

「再問一個？」和哉不滿噘嘴。「您還要問什麼問題？」

「其實，是關於不在場證明的問題。」

「啊？不在場證明，我剛才不就回答過了？安西伯父推定死亡時間是晚上九點到十一點這兩小時，這段時間，我和偵探先生一起待在這個家。我完全不可能把安西伯父推到河裡吧？」

「嗯，您說得是。所以我想問另一個不在場證明。」

另一個不在場證明？警部這句話令和哉蹙眉。

砂川警部正面注視這樣的和哉，以清晰的聲音這麼問。

「倉持先生，昨天晚上九點五十三分左右，您在哪裡做什麼？」

砂川警部這個意外的問題，使得和哉暫時說不出話。

他嘴巴反覆開闔，終於擠出一個率直的疑問。

「警……警部先生，您說的九點五十三分是什麼？那究竟是什麼時間？」

「當然是安西英雄先生死亡的時間。」

「您……您在說什麼？安西伯父是在晚上九點到十一點這個時段死亡，警部先生，您剛才不是這麼說嗎？那為什麼還這麼問？」

「晚上九點到十一點的推定死亡時間，是在場驗屍的法醫見解。」

「這樣啊。那麼，九點五十三分這個精準的時間，究竟是……？」

「是我們檢視屍體狀況，判斷出來的推定死亡時間。不過說來也沒那麼難。其實死者戴的手錶故障，指針停止了。停在九點五十三分。所以，我們推定這個時間是安西先生死亡的時間。」

「您……您說手錶故障？」和哉背部流下冷汗。

——不可能。我沒弄壞手錶。那麼，究竟是誰？

砂川警部以冷靜的聲音，向混亂的和哉說明。

「不，雖說故障，卻不是被人踩壞或破壞。手錶是浸在河水故障的，所以指針也停了。」

「…………」

聽完說明的和哉暫時沉默。最後他半笑不笑，搖了搖頭。「哈……哈哈，怎麼可能呢？警部先生，您在試探我嗎？請不要說這種騙三歲小孩的謊。」

「……您的意思是？」

「安西伯父的手錶是勞力士。只是浸了點水，不可能停止。」

「可是，安西先生的勞～力士真的停止了。」

「不可能。勞力士是高級手錶的代名詞。是防水等級理所當然達到一百公尺的高性能手錶。這樣的勞力士只不過浸點河水……嗯？」這一瞬間，和哉察覺到某件事，目不轉睛注視警部。「……勞～力士？」

「是的，勞～力士。喂，志木，拿那個過來。」

志木刑警立刻回應「是，警部」點點頭，從西裝胸前口袋取出透明塑膠袋，舉到和哉面前。袋子裡是洋溢高極感的銀色手錶。

和哉記得這支手錶。是昨晚安西英雄戴在左手腕的錶。和哉倒抽一口氣，戰戰兢兢確認錶面。指針停在九點五十三分。接著，他看向錶面以裝飾文字顯示的標誌。沒錯。

這個標誌，確實以豪華過頭的金色文字寫著「ROOOLEX」。

和哉只能同意砂川警部的那番話。

「原……原來如此。這確實不是『勞力士』，是『勞～力士』……」

「是的。正確來說，應該要叫做『勞～～力士』。總之就是山寨貨。哎，這在烏賊川市少見多怪。倉持先生也知道吧？站前那間綠色招牌的咖啡廳。那間不是『星巴克』，是『星包克』。中央街很像『塔利咖啡』的那間店，其實是『查利咖啡』。鹽辛街那間『艾瑟路希奧』是……」

「是『埃瑟庫希奧』。這我知道。擺在我家酒櫃的『山崎』，其實也是『川崎』！不過，沒想到他這麼小家子氣，戴這種廉價的仿冒名牌手錶……」

「哎，也可以推測他就是因為小氣，才成功累積資產喔。」

砂川警部說到這裡，再度看向和哉。「回到剛才的話題，這隻手錶終究是便宜的冒牌貨，防水加工當然只是隨便做。這邊拿相同款式的手錶泡水做實驗，指針泡水不到一分鐘就不動了。由此看來，安西先生手錶顯示的九點五十三分，幾乎可以認定這是他溺水的時間。倉持先生，您懂了吧？」

「…………」和哉嚥了一口口水，點頭回應。

「那麼，我再問一次。倉持先生，昨晚九點五十三分，您在哪裡做什麼？」

「問……問我在哪裡做什麼？那……那個時間，我當然也和這位偵探先生在一起啊。聽偵探先生愉快炫耀昔日的功績，正開始覺得有點煩……」

「不，請等一下。」

打斷和哉說話的人，是當事人偵探。「昨晚的九點五十三分是吧？如果是這個時間，倉持先生不在我面前。因為他當時在二樓的廁所。」

「……呃！」

鴉飼多嘴的這番話，使得和哉不禁語塞。不過，鴉飼繼續搜尋昨晚的記憶。

「正確來說，倉持先生大約在晚上九點五十分離開，在九點五十六分左右回來。所以九點五十三分的時候，他不在我面前。是的，我看過時鐘所以沒錯。確實，倉持先生在昨晚九點到十一點這段期間，一直和我在一起。不過，只在九點五十三分前後的這幾分鐘，不知為何從我面前消失。如果這是巧合，那他的運氣也太差了……」

鴉飼的說法，就像在暗示這並非純屬巧合。

走投無路的和哉扭曲嘴角，忍不住揪起偵探的衣領。

「你……你說這什麼話？你為什麼記得這麼精準的時間？」

鴉飼隨即口沫橫飛地回嘴。

「哪有為什麼，是您這位委託人對我說的啊？說什麼『請不要忘記』，『要確實記得』……是您再三叮嚀我的吧？」

「沒錯，我昨晚確實這麼說過。因為喝太多的你看起來不可靠！」

——不過，不需要連這種不必要的時間都記住啊，這個該死的蹩腳偵探！

和哉在內心咒罵，用力推開鴉飼，然後再度面向砂川警部，上氣不接下氣地問。

「警……警部先生，我……我的不在場證明呢？不在場證明會被承認吧？」

不過，警部露出抱歉的表情，搖了搖頭。

「很遺憾，倉持先生，我不承認您的不在場證明是完美的。因為……」

砂川警部看向倉持家二樓，以冰冷的聲音說下去。

「如果只是要溺死一個人，在浴室就做得到——」

吉祥物之死

一

烏賊川市。攤開再詳細的地圖也絕對找不到，卻經常出現在報紙社會版的關東地方都市。若無其事流經這座詭異城市的河流，是一級河川烏賊川。

昔日是運送烏賊等海產的天然運河。只不過，在交通網發達的現在，用為物流路線的職責幾乎已經結束。最近頂多是罪犯用來運送屍體，或是在浴室殺人之後將死者偽裝成溺死意外。無論如何，烏賊川從以前到現在，都是市民們的生活根基。

雖然至今沒說明，不過在這條烏賊川的沿岸，其實有一座相當大的公園。擁有「烏賊川河岸親水公園」這個時尚名字的公園。是在泡沫經濟發光發熱的八〇年代建造的。當地官員看到周邊的自治團體勤於建造主題樂園或育樂設施，抱持「總之我們也得蓋點東西！」這種決心，基於「那就蓋一座大公園吧！」這個美妙的構想，不小心就完成這個大型觀光設施。真的只能說是把稅金丟進水溝……更正，丟進烏賊川的瘋狂行徑。

結果，「烏賊川河岸親水公園」每年虧損，現在也受到零星觀光客的青睞，並且受到許多市民的白眼。

「——真是的，為什麼蓋出這種笨到不行的公園啊？」

年紀輕輕卻在這座城市經營一棟大樓的小貴婦二宮朱美，也是冷眼看待這座過大公園的市民之一。對於朱美這個疑問，走在旁邊身穿西裝的私家偵探鵜飼杜夫答道：「或許正是為了今天這樣的日子蓋的。妳看，平常冷清的公園，現在不是擠滿人嗎？」

如鵜飼所說，總是呈現蕭條光景的沿岸不良資產「烏賊川河岸親水公園」，只有今天人滿為患，真的熱鬧得像是泡沫經濟復甦。不過，這當然其來有自。這週末是天公作美的三連休。這段連假期間，烏賊川市每年一次的大型活動，通稱「烏賊節」的「烏賊川市民節」，以這座公園為主要會場舉辦中。

而且今天是最後一天。平常渴望娛樂，閒得發慌的市民們，就像是抓準這一天大舉湧入會場。當然，朱美與鵜飼也是閒得發慌的烏賊川市民。兩人來到這個會場，純粹只是要打發時間。

順帶一提，說到「烏賊節」這三天舉辦的活動，包括當地少年少女的「管樂遊行」、當地志工的「烏賊舞表演」，以及當地餐廳老闆們發起的「B級烏賊美食大獎賽（通稱烏賊—1大獎賽）」等等。

「這場慶典，看起來挺熱鬧的耶。」

朱美一邊說，一邊享用剛才在攤子買的生烏賊漢堡。「生烏賊漢堡」是以麵包夾住新鮮烏賊加上醬油膏吃的漢堡（？）。這個創新的構想成為賣點，是在今年「烏賊大獎賽」稱霸的B級美食。順帶一提，開發的不是當地漢堡店，是老字號的壽司店。

「這個構想確實比較像是壽司。挺好吃的。真的是B級烏賊美食。」

「是……是啊，確實是B級以下美食……不對，可能是C級以下。」鵜飼才吃一口，表情就像是雷陣雨前的天空般陰沉。「我都忘了。這麼說來，妳的味覺差到會拿麵包夾壞掉的牡蠣給我吃。」（註1）

「哎呀，發生過這種事嗎？」朱美像是完全不記得般歪過腦袋。「哎，算了。不提這個，買個飲料喝吧。適合搭配生烏賊漢堡的飲料。」

「我不認為天底下有這種飲料。」鵜飼環視周圍，注意到會場某處。「啊，那邊剛好有飲料店，去看看吧。」

兩人前往會場角落的店。雖說是「店」，卻只是在大陽傘底下擺個紅色水槽的簡樸攤子。放滿水的水槽裡，浮著大冰塊與各種寶特瓶飲料。在陽傘下方做生意的，是很適合穿圍裙的女孩。

「午安。」朱美打招呼走過去。「歡迎光臨～～需要買點什麼嗎～～」女孩以拉

註1 日文「烏賊」和「以下」音同。

長尾音的獨特語氣迎接兩人。

這一瞬間，鵜飼與朱美的動作停止了。朱美和鵜飼短暫相視，然後重新目不轉睛打量面前的女孩。年齡大概是二十歲左右吧。是眼睛圓滾滾，有著一張可愛娃娃臉的女生。頭髮綁在討喜臉蛋的兩側微微晃動。朱美第一次看見這張臉，不過旁邊的鵜飼發出懷念的聲音。

「啊，這張臉，綁成兩束的頭髮，還有圓圈裡寫上『吉』字的圍裙……」

鵜飼像是搜尋記憶般檢視少女的特徵，接著筆直指向她的臉。

「妳不就是丸吉酒店的活招牌——沙耶香嗎？好久不見。」

「偵探先生，您好，好久不見～～」活招牌開心露出微笑。

「能在這種地方重逢，真巧。烏賊神神社命案之後就沒見過面了吧？」

「是的，那次承蒙關照了。」沙耶香笑著點頭，不過在下一瞬間，她像是覺得說錯話般扭曲表情，突然用力搖頭。「不對，不是的！」她硬是收回前言，伸手托住下巴。「呃～～烏賊神神社的命案是什麼啊～～？我上次見到偵探先生，是啤酒箱失竊的那個案件喔～～在那之後，我們就再也沒見過面了，所以今天是第一次見到朱美小姐～～對吧，朱美小姐？」

「嗯，沒錯，我們確實是第一次見面……」

不過，如果真的是第一次見面，妳知道我的名字不是很奇怪嗎？

朱美對沙耶香的疑惑愈來愈深。到頭來，這名少女拉長尾音說話的語氣，朱美明顯有印象。自己之前確實見過這個女孩。是的，是一名女性在烏賊神神社祠堂遇害的那個案件。當時湊巧在神社，展現快刀斬亂麻精湛推理的那個人物……不，生物……不不不，應該說是神祕生命體，確實就是這樣說話的。如此心想的朱美，為了以防萬一開口確認。

「沙耶香，妳該不會就是當時在烏賊神神社的吉祥……」

就在這個時候，一名女性的廣播聲突然響遍慶典會場。

「大會報告。今天『烏賊川市吉祥物選拔賽』，通稱『吉祥賽』的參加者，請盡快到慶典總部集合。要是遲到就當場淘汰。啊，還有，因為很麻煩，所以請記得著裝完畢再過來喔！拜託了！」

聽起來不太高興的廣播結束了。鵜飼詫異看向廣播傳來的方向。

「居然要求『著裝完畢再過來』，這廣播顛覆了吉祥物的本質耶。」

「那種角色，明明都是設定成原本就長那樣的。」

不夠貼心的這段廣播，使得朱美與鵜飼一起傻眼。下一秒，鵜飼驚聲大喊。

「咦？沙耶香不見了。她跑去哪裡？」

「咦？要找她的話，她就在……」朱美說著將視線移回陽傘下方，但少女已經不見蹤影，改為一名陌生大叔站在該處。圍裙上的圓圈裡寫著「吉」字。看來是沙耶香的父親。「沙耶香小妹去哪裡了？」朱美姑且詢問，但大叔只是聳了聳肩注視遠方。

「沙耶香到底跑去哪裡？」

「唔，是突然想到什麼急事嗎？」

朱美與鵜飼相互歪過腦袋。不過，哎，既然人不見就沒辦法了。看開的朱美他們，向大叔買了兩瓶可樂。原本想一邊潤喉一邊離開攤子，但是在下一瞬間，兩人發現一個巨大的白影從面前匆忙經過，一起將嘴裡的可樂噴到路面。

「那……那個，記得是……」

「我……我有印象……」

是整體顏色偏白的神祕生命體。尖得像是箭頭的頭，絕對不會眨的雙眼，像是酒桶的胖胖身體。腰際拉出八條像是白色觸手的東西，看起來像是草裙舞的草裙，不過那大概是腳吧。不同於這八條腳，軀體部分露出兩條明顯是人類，而且是女生的腳，所以總共是十隻腳。也就是說，這是烏賊。是烏賊！

面對這隻詭異的巨大烏賊（正確來說是身穿白色巨大烏賊布偶裝的女生），鵜飼非常乾脆地打招呼。

「嗨，沙耶香，妳要去哪裡？不用顧店嗎？」

鵜飼問得這麼直接，巨大烏賊似乎大受打擊，像是中槍般「咚！」地當場往前倒。巨大烏賊（布偶裝裡的少女）就這麼只是不斷擺動雙腳。朱美立刻糾正鵜飼這番輕率的發言。

「不行喔，鵜飼先生。直接叫吉祥物裡面的人的名字是犯規。」

「咦～～？可是，她很明顯是沙耶香吧？沒有別的可能性。」

哎，應該是這樣沒錯吧。朱美也這麼認為。在烏賊神神社命案展現精湛推理的神祕生命體，正是穿著這個巨大烏賊布偶裝的吉祥物。裡面的人應該是吉岡酒店的活招牌。「總之扶她起來吧。那隻烏賊雖然有腳但是沒手，所以沒辦法自己爬起來。」

「真是的，這個角色設定真麻煩。」鵜飼雖然輕聲表達不滿，卻還是協助扶起趴在地上掙扎的吉祥物，然後在裡面的人鬆一口氣的時候，一臉正經地忠告。「至少挖個洞讓手伸出來吧？這樣應該比較便利喔。」

「不可以～～有手的烏賊就不是烏賊了～～」

看來烏賊有烏賊自己的求真精神。在細節展現意外執著的吉祥物，在兩人面前鞠躬。「那麼，我趕路先走了。」她說完就轉過身去。朱美忍不住朝著又白又大的背影開口。

「是要參加吉祥物選拔賽吧？沙耶香，加油！」

意外獲得聲援的巨大烏賊，轉過身來開心地搖動身體。

但是在下一瞬間，巨大烏賊像是察覺什麼般突然靜止，筆直走到朱美面前。

「不……不是啦～～」她以激烈抗議的語氣說。

「我……我不是沙耶香～～我叫做Maika，劍崎Maika～～！」

——啊啊，這麼說來，確實是叫這個名字。

喚醒記憶的朱美，合掌向氣沖沖的Maika說聲「抱歉」。

二

「吉祥物選拔賽嗎？是剛才廣播的那個吧？既然這樣，我們陪妳到慶典總部吧。要是途中又摔倒遲到，妳會不戰而敗吧？」

對於鵜飼的提議，劍崎Maika維持動也不動的表情。「謝謝～～這樣幫了我大忙～～」她說完低下尖尖的頭。

就這樣，朱美、鵜飼與Maika這三人，更正，這兩人加一隻，不對，這兩人加一條，立刻趕往慶典總部。總部位於舉辦吉祥物選拔賽的主舞台旁邊。在許多人聚集的擁擠會場裡，朱美他們意外地順利前進。光是Maika經過，眾人就覺得噁心自行讓路。這麼難以令人接近（反而還遠離）的吉祥物，真的有存在的意義嗎？朱美擔心起來。

總部帳篷終於出現在視線前方的時候……

「哎呀，那是什麼？」

鵜飼停下腳步，指向路旁。一個看似巨大河豚的物體仰躺在地上。從褐色身軀伸出的兩條腿空虛踢著空氣。路人大概是不想扯上關係，全部視若無睹直接走過去。

「是打扮成河豚的吉祥物。Maika 認識嗎？」

「不是河豚～～是俗名『針千本』的刺河魨，他是千針弟～～」

聽她這麼說完一看，看似河豚的圓圓身軀，確實有無數褐色的突起。大概是象徵刺河魨的刺吧。這些刺當然是虛有其表，就算碰到也一點都不痛，不過外型足以令人留下深刻印象。

「千針弟是號稱本次『吉祥賽』的奪冠熱門之一……唔呵，不過真可憐……那樣應該會不戰而敗吧。」

「『唔呵』是怎樣？妳不幫忙拉他起來？」Maika 樂見對手失誤的態度，令朱美覺得隱約看見吉祥物不能被看見的邪惡一面。「不行喔，那樣很可憐。」

「咦～～哪有可憐，沒那種事喔～～千針弟平常態度傲慢容易生氣，老是刺傷別人。小魚成為他的食物，大魚為他的尖刺頭痛，卻不能貿然靠近。真的是海中的討厭鬼喔～～」

這是在說千針弟？還是在說刺河魨的生態？

無視於歪頭納悶的朱美，鵜飼走向仰躺的千針弟，朝著他大大的嘴脣說話。

「怎麼在這種地方四腳朝天呢？」

厚厚的雙脣縫隙，隨即傳來千針弟的難受聲音。

「剛才被一個小女生撞倒的蹦。畢竟我很受小朋友歡迎，大家都會開心撲向我蹦。拜託幫我一下蹦。」

「唔～～語尾加上『蹦』，是你這個角色的設定吧？」

「沒錯蹦。」千針弟同意之後，立刻拉開嗓門硬是改口。「不對，錯了蹦。這不是角色設定，是我天生就有的口頭禪蹦！」

「啊啊，這樣啊。知道了知道了……」鵜飼嫌煩般低語，把仰躺的千針弟拉起來。千針弟的布偶裝以彈性材料製作，如同橡皮球般柔軟。「至少挖個洞讓手伸出來吧？這樣你就能自己站起來吧？」

「不可以這樣蹦。長手的刺河魨怪怪的蹦。」

「長腳的刺河魨也很怪啊！」

鵜飼朝著千針弟的嘴脣大喊。從大大雙脣的縫隙，看得見裡面的人。不過，獲得協助的千針弟（裡面的男性），一看到站在鵜飼身旁的 Maika，就像是提高警覺般拉開距離。

「原來如此，你們是劍崎 Maika 的同伴啊。哼，謝謝你們的幫忙，不過『吉祥賽』是認真對決的戰場。畢竟還有獎金。喂，劍崎 Maika，我完全不想把勝利讓給妳。我會在比賽的時候，讓妳知道我們的人氣差多少！」

「？」被挑釁的 Maika，不知為何以慌張的態度朝對手低語。「等……等一下，千針弟！你是不是忘了天生的口頭禪？」

「咦？啊，糟糕！」喊得相當清楚的千針弟，重新面向 Maika，把挑釁的話語重說一次。「讓妳知道我們的人氣差多少蹦！」

接著千針弟轉過身去。「該走了蹦。集合時間到了蹦。」他講得像是把自己當隊長，接著帶頭朝著慶典總部踏出腳步。

在慶典總部完成報名手續的劍崎 Maika 與千針弟，立刻移動到旁邊的帳篷。是周圍以白色布幕遮掩的帳篷。白色布幕只有一片裁出四方形空間，並且掛著黑色簾幕。那裡似乎是門口。Maika 與千針弟以身體頂開門口簾幕，進入帳篷。

朱美與鵜飼從門口布幕縫隙好奇看向帳篷內部。鵜飼隨即發出驚愕的聲音。

「這是怎樣？簡直是吉祥物們的動物園……不對，水族館。」

「不可以講這種話。這裡肯定是『吉祥賽』參賽角色的休息室。」

除了 Maika 與千針弟，裡面還有兩隻先到的吉祥物。首先走向 Maika 的，是淡水魚造型的布偶角色。Maika看到對方就親切問候。「山女妹，好久不見～～」

被叫做「山女妹」的淡水魚吉祥物，外表給人滑溜噁心的印象，不過性別似乎是女生。

「『吉祥賽』終於要正式開始了魚魚～～總覺得好緊張魚魚～～」

她讓胸鰭在身體前方擺動，灰色的身體可愛扭動，完全把自己當成山女魚。只不過，長腳的魚怎麼樣都可愛不起來。

山女妹的旁邊，是背著綠殼的巨大烏龜。看來參考彩龜設計的角色。Maika叫這隻龜怪是「龜吉弟」。

「龜吉弟看起來好放鬆～～感覺充滿自信耶～～」

「沒那回事龜龜。我也緊張到背上的殼硬邦邦龜龜。」

「咦～～龜殼打從一開始就是硬邦邦喔～～」

Maika立刻吐槽，龜吉弟搔了搔頭回應「說得也是龜龜」。Maika、山女妹、龜吉弟。三隻之間捲起微笑的漩渦。鵜飼看著這幅光景不禁感慨。

「唔～～不愧是療癒系吉祥物！角色外型很療癒，講話也很沒營養！」

「噓，他們會聽到啦！」朱美躲在門口旁邊，壓低氣息。

不過，四隻吉祥物似乎完全沒發現朱美他們。證據就是千針弟一副粗心大意地說出吉祥物不該說的成熟話語。

「距離比賽登台還有一段時間蹦。我去抽根菸蹦。」

「請自便龜龜。」龜吉弟態度冷漠，指著帳篷後方。「吸菸區在旁邊帳篷龜龜。」

仔細一看，帳篷是兩頂相連。這頂帳篷是等候室，相鄰的帳篷是吸菸室。兩頂帳篷之間同樣以白色布幕隔開，掛黑色簾幕的部分是出入口。千針弟推開出入口的布幕，移動到相鄰的吸菸帳篷。接著，吸菸帳篷傳出男性的沙啞聲音。

「哎呀，千針弟，你也要抽根菸鷲鷲？抱歉，抽的時候離我遠一點鷲鷲。我很喜歡自己抽的菸，卻非常討厭吸到別人的菸鷲鷲……」

男性講話刺耳，千針弟同樣以刺耳的話語回應。

「用不著你說蹦。我看到鷲夫哥的臉，也沒辦法舒服抽菸蹦。我要自己找個角落抽蹦……」

雖然只聽到對話聲，不知道詳細狀況，不過吸菸帳篷似乎有一隻叫做「鷲夫哥」的鳥類吉祥物，而且已經在抽菸了。以大大的翅膀夾著菸，嘴巴吞雲吐霧。想像這一幕的朱美差點笑出聲。

「依照對話的氣氛，千針弟跟鷲夫哥好像是勁敵。」

「刺河魨跟鷲水火不容？明明是魚跟鳥，要在哪裡怎麼吵架？」

鵜飼傻眼低語。就在這個時候，躲在門口附近的兩人身後，突然傳來斥責的聲音。「喂，你們在那種地方做什麼蟹蟹！」

驚訝轉身一看，站在那裡的是戴著紅甲殼的角色。似乎是以毛蟹還是哪種螃蟹設計的吉祥物。從軀體突出的雙手前端，是象徵螃蟹的大蟹螯。不過，蟹螯不知為何包著繃帶。巨大的螃蟹將包著繃帶的蟹螯往前伸，以感受得到少年氣息的偏高聲音大喊。

「這裡是參加『吉祥賽』的吉祥物等候室蟹蟹，外人禁止進入蟹蟹。」

態度強硬得不像是吉祥物。鵜飼連忙安撫對方。

「我們沒有惡意。只是好奇吉祥物的等候室長什麼樣子，所以請不要這麼生氣好嗎？蟹江先生……」

「我不是『蟹江先生』蟹蟹！我叫做『毛蟹寧』，所以才包繃帶蟹蟹！」

「原來如此，因為『傷患』和『毛蟹寧』同音嗎……喂～～朱美小姐，賞他一枚坐墊！」

「不要講得像是某節目的『喂～～山田小弟』好嗎？」朱美無奈嘆了口氣，等候室裡的兩隻吉祥物聽到騷動聲，掀開門口的簾幕現身。

是山女妹與劍崎 Maika。

得知朱美與鵜飼在門外的她們，同時露出驚訝的表情……雖然很想這麼說，但布偶裝畢竟沒有顯示細部表情的功能，所以她們不是以表情，而是以自己的話語表現驚訝與憤怒。
「兩位，不可以進到這種地方啦～～」劍崎 Maika 拉長語尾。
「討厭啦！被普通人偷看了魚魚～～」山女妹扭動身體。
有兩個女性撐腰，毛蟹寧以更強硬的態度逼近。
「你該不會是想偷拍醜聞的雜誌記者蟹蟹？」
「不……不是不是！」鵜飼連忙在吉祥物們面前搖動雙手。「我不是雜誌記者，我是私家偵探鵜鵜。和你們一樣，算是一種吉祥物鵜鵜……」
為什麼主動想融入吉祥物？鵜飼先生，你自己這樣講不悲哀嗎？
偵探過於丟臉的態度，使得朱美不禁看向下方。就在這個時候！
「呀啊啊啊啊啊啊！」
帳篷裡傳出不知道是誰的叫聲。就像是呼應這個聲音，面前的吉祥物們也維持各自的角色設定大喊。
「剛……剛才是不是慘叫聲啊～～？」
「究竟發生了什麼事蟹蟹？」
「不知道魚魚～～」
吉祥物們慌張衝進等候室帳篷。朱美也鵜飼也跟了過去。進去一看，裡面只有背著大甲殼的龜吉弟。龜吉弟露出為難的表情……雖然很想這麼說，但他的布偶裝同樣沒有改變表情的功能。毛蟹寧詢問站著不動的龜吉弟。

「究竟發生什麼事蟹蟹？」

龜吉弟指著帳篷深處的出入口，聲音顫抖。

「不……不知道龜龜！慘……慘叫聲，吸菸帳篷傳出慘叫聲龜龜！」

吉祥物們面向通往吸菸帳篷的出入口。下一瞬間，他們同時拔腿往前跑。穿過等候室帳篷，跑向深處的吸菸帳篷出入口。不過巨大的烏賊、烏龜、螃蟹、淡水魚等布偶衝向唯一的出入口。不用說就知道會發生什麼事。四隻的龐大身軀撞在一起，各自發出「哇！」「呀！」等悽慘的哀號聲，「啪！」「咚！」地摔到地上。

吉祥物們瞬間化為巨大的障礙物。鵜飼看著他們低語。

「真是的……這些傢伙不知道自己車身多寬嗎？」

「不提這個，我比較擔心吸菸帳篷！」

朱美跨過障礙物，走向通往相鄰帳篷的出入口。她撥開黑色簾幕，衝進吸菸帳篷。鵜飼也緊跟在後。

吸菸帳篷大約兩坪大。設置了供人吸菸的直立式菸灰缸與折疊椅。中央附近擺放屏風，將殺風景的空間隔成兩區。令人聯想到巨鷲的灰色布偶，呆呆站在以屏風隔開的前半空間。這就是叫做『鷲夫哥』的吉祥物吧。看向鷲夫哥的腳邊，千針弟圓滾滾的身體躺在地上。剛才是仰躺，但這次是趴著。

「千針弟，你怎麼了？」

跑過去的朱美，很快就察覺異狀。躺在地上的千針弟完全沒掙扎。從軀體伸出來的雙腿，就這麼無力伸長動也不動。這樣很奇怪。朱美立刻想把趴著的千針弟抱起來。

「好……好重！千針弟，你好重！」

裡面的人加上布偶裝的重量，使得千針弟的身體重得誇張。朱美在鵜飼的協助之下，好不容易將千針弟翻過來。就在這個時候……

「嗚！」

鵜飼發出短短的呻吟。因為有許多突起的千針弟布偶裝，胸口部分浮現鮮紅色的水痕。鵜飼以指尖碰觸這個紅色液體，皺起眉頭。

「這個……難道是血？裡面的人流血了嗎？」

「總之，脫掉這套布偶裝看看吧！」

在朱美的催促之下，鵜飼連忙尋找拉鍊的位置。朱美也幫忙找。就在這個時候，某個物體偶然映入朱美視野一角。朱美指著掉在地上的那個物體，聲音不禁發抖。

「鵜……鵜飼先生，千針弟該不會是被那個刺中胸口吧……」

朱美手指的物體，是褐色握柄的冰錐。尖端沾附血淋淋的紅色液體。

朱美與鵜飼瞬間轉頭相視，然後像是心有靈犀，一起看向站在旁邊的鷲吉祥物。大概是察覺兩人視線的意義吧，至今站在該處不發一語的鷲夫哥悲痛大喊。

「不……不對！不是我！不是我下手的鷲鷲！」

巨大的鷲拍動大大的翅膀，宣稱自己是清白的。如此拚命的聲音與外貌看在朱美眼中，只像是老大不小的成人在胡鬧——

三

數分後。脫下刺河魨布偶裝的千針弟（裡面的人），躺在吸菸帳篷的地上。是身穿牛仔褲的年輕男性。運動衫胸前被噴出的血染紅。鵜飼按著他的頸部量脈搏，朱美嚴肅看著鵜飼的臉。周圍是擔心千針弟狀況的吉祥物們。直到剛才都在出入口附近化為障礙物的他們，同心協力重新站好，如今嚴肅守護著事態進展。

在這樣的狀況中，鵜飼深感遺憾般搖了搖頭。

「不行，他死了……」

吉祥物之間，隨即發出近似哀號的驚叫聲。

「千針弟死掉了魚魚～～」

「居然會這樣龜龜，不敢相信龜龜！」

「為什麼會變成這樣蟹蟹？」

山女妹、龜吉弟、毛蟹寧等三隻各自驚慌失措。在這樣的狀況中，只有一個吉祥物冷靜應對，那就是劍崎Maika。Maika晃著巨大的白色身軀，拚命向同伴吉祥物們訴說。

「無論如何，這都是事件賊賊。既然這樣，這裡就應該交給警察處理賊賊。這是我們善良吉祥物的使命賊賊……」

「Maika說得沒錯。」鵜飼也站起來點點頭。「千針弟裡面的人，胸口遇刺而死。怎麼看都不是自然死亡，應該要報警。」

鵜飼一邊說，一邊取出手機。不過在這一瞬間，一個男性的聲音在他背後響起。

「請等一下，叫警察過來這裡，我們會很困擾的。」

鵜飼「唔！」了一聲轉身，站在他背後的是穿西裝的中年男性。現今少見的旁分髮型，俗氣的黑框眼鏡。鵜飼看著像是強調自己多麼平凡的這名男性詢問。

「請問……您是哪種吉祥物？」

「不，我不是吉祥物。」戴眼鏡的中年男性斷然搖頭。「我是烏賊川市公所觀光課的課長，敝姓吉田。」

「是喔，吉田……」鵜飼愣了一下。「真奇怪的名字！」

「很普通啦，非常普通！」吉田一臉不高興。「只是因為您周圍的吉祥物名字都很特別，才會覺得『吉田』很奇怪。」

說得也是。鵜飼露出接受的表情，重新詢問觀光課長吉田。

「所以，您剛才說的是什麼意思？叫警察過來這裡會很困擾。您剛才是這麼說的吧？究竟是哪裡會困擾？」

「請您想想，現在正在舉辦『烏賊節』，要是這時候叫警察過來，肯定會造成大騷動。而且這是命案，凶手也還沒落網，遊客們知道之後會怎麼反應？說不定很多客人會害怕到恐慌，到時候慶典就會變得亂七八糟，觀光課的面子都丟光了。我可能得負起責任被打入冷宮。絕對不允許這種事發生。」然後吉田一臉嚴肅地告知。「所以，這時候無論如何，都應該以慶典的成功為第一優先。」

「為了自保？」

「為了市民！」

觀光課長始終維持嚴肅表情。鵜飼像是感到無奈般搖頭。

「哎，我並不是不能理解您的擔憂。所以我們該怎麼做？」

「慶典的活動，只剩下最後的『吉祥物選拔賽』。無論如何，慶典都會在數小時後結束。既然這樣，等到『吉祥賽』結束再報警也不遲吧？放心，只是短短幾個小時。何況烏賊川市民那麼期待『吉祥賽』，事到如今總不能中止吧？好不好？拜託了！」

觀光課長吉田合掌這麼說。旁邊的吉祥物們也同時開口懇求鵜飼。

「我們也要拜託魚魚〜〜」

「不要中止比賽龜龜。」

「這攸關我們的未來蟹蟹！」

「請接受我們的請求賊賊！」

啊，Maika 背叛了。舉辦「吉祥賽」比事件真相重要是吧！

朱美不禁傻眼，旁邊的鵜飼雙手抱胸，嘆了口氣。

「這樣啊，反正我不是慶典主辦人，也不是善良的市民，所以完全不介意晚一點報警就是了。不過，請等一下……就算要晚點報警，還是會因而發生麻煩的事情吧？」

「什麼意思？」

「因為，要在這個狀態舉辦『吉祥賽』吧？也就是說，某人會拿下冠軍受到注目。報章媒體也會大幅報導，冠軍吉祥物的長相與名字，很快就會透過網路傳遍全國。」

「是的。這正是活動的意圖。所以這樣怎麼了嗎？」

「如果冠軍吉祥物，到後來被發現『其實是殺害千針弟的真凶』怎麼辦？烏賊川市會不會顏面掃地？不過，光是現在的縣市評價就吊車尾就是了……」

鵜飼在最後酸了幾句。「……嗚！」面前的觀光課長吉田繃緊表情，開始微微顫抖。

「您……您說的確實沒錯。怎……怎麼辦？『吉祥賽』不能中止。可是，殺人凶手萬一獲選為冠軍，事情之後會變得很嚴重……」

面臨這個困難的抉擇，觀光課長臉色迅速變得蒼白。「中止還是舉行？舉行還是中止？」反覆這麼說的觀光課長，最後不知道想到什麼，開始以右手與左手猜拳。兩次平手之後，是出剪刀的右手獲勝。觀光課長抬起緊繃的臉。「那……那麼，就……就按照預定計畫繼續舉行……」

「喂，我說你啊！」鵜飼像是要推翻吉田的決定般大喊。「誰決定右手獲勝就要『舉行』啊？天底下哪有這麼隨便的決定方式？給我振作一點。聽好了，你贏的話就『舉行』，我贏的話就『中止』。好，預備！剪刀，石頭，布……」

「笨蛋～～！」

朱美撞向鵜飼的背，被撞的鵜飼撞向面前的觀光課長。兩個大男人的胡鬧對決，隨著像是追撞車禍的這幅光景強制結束。「這不是猜拳能決定的事吧！給我認真一點好嗎？」

大概是對人類上演的愚蠢鬧劇感到不耐煩吧，一隻吉祥物提出讓這個事態圓滿收場的唯一方法。發言的是白色怪物劍崎Maika。

「現在不是愉快猜拳的時候喔～～事情演變成這樣，我們只剩下一個方法。就是在『吉祥賽』開始之前抓到凶手賊賊。」

「抓到凶手？」朱美皺起眉頭。「不靠警察，只由我們抓凶手？」

「是的～～而且只有凶手以外的吉祥物們，按照原定計畫比賽。這麼一來，應該就可以避開殺人凶手獲勝的糗事了～～幸好這裡也有偵探先生～～」

「慢著，Maika，雖說他是偵探……」

朱美看向剛才撞飛的男性。鵜飼與觀光課長終於在吸菸帳篷角落起身，正在拍掉西裝上的灰塵。他確實是偵探，這是事實。不過老實說，朱美不確定這個男的是否能正如期待大顯身手。因為鵜飼這個偵探，雖然在某個開關偶然打開的時候會意外地大顯身手，卻完全沒人不知道他會在何時何地打開哪個開關。也就是說，由此必然會導出一個結論。朱美率直將這件事告訴Maika。

「這個偵探，不適合處理有時限的案件。」

不過，朱美這番話被觀光課長「就是這樣！」的大喊蓋過。

「確實如這隻烏賊妖怪說的，事情演變成這樣，我們沒有別的方法。我代表烏賊川市觀光課提出委託。偵探先生，請在『吉祥賽』開始之前，揪出這個案件的凶手。這邊會確實支付報酬。」

聽到「報酬」這兩個字，朱美忍不住出言責難。

「不可以這樣。這是浪費人民的血汗錢。我以市民的身分反對。」

「喂喂喂，朱美小姐，這樣真的很沒禮貌喔。我和烏賊川市的公僕不一樣，不會浪費人民的血汗錢。」

鵜飼在烏賊川市的公僕面前講得非常沒禮貌。完全沒察覺這件事的他，悠然伸出右手要和觀光課長握手。「我鵜飼杜夫確實接下這個委託了。我一定會揭開真凶的身分。」

「謝謝您！」觀光課長吉田說完和偵探握手。一旁的劍崎 Maika 搖晃尖尖的頭，一副氣沖沖的樣子。

「不……不提這個，說我是烏賊妖怪太過分了啦！怎麼可以這樣賊賊！」

四

就這樣，千針弟死亡的真相交由偵探調查。

鵜飼先仔細觀察屍體脫下的布偶裝，發現胸部有個像是針扎的小洞。推測是冰錐貫穿的洞。接著繼續檢查布偶裝內側，找到一盒菸、金屬打火機、一根像是剛抽卻立刻熄滅的菸。偵探將這些物品和凶器冰錐並排放在折疊椅上。

然後鵜飼就這麼將千針弟（裡面的人）的屍體留在吸菸帳篷，移動到相鄰的等候室帳篷。朱美、觀光課長以及吉祥物們也跟了過去。

鵜飼站在等候室帳篷中央，重新檢視手錶，向這些有嫌疑的吉祥物們告知時間所剩不多。

「距離『吉祥賽』開始已經不到一小時。必須在這之前找出真凶，否則比賽會中止。請各位鼎力協助。」

鵜飼裝模作樣低頭致意。背著綠甲殼的龜吉弟，像是要讓事件迅速落幕般發言。「找真凶不需要一小時龜龜。『吉祥賽』會由鷲夫哥以外的吉祥物們爭奪冠軍龜龜。」

「這……這是什麼意思鷲鷲！」鷲夫哥臉色大變。

「沒什麼好說的龜龜。從現場狀況來看，只有鷲夫哥可能是凶手龜龜。到頭來，吸菸帳篷只有鷲夫哥與千針弟龜龜，其他角色都一起待在等候室帳篷龜龜。沒有角色進出過吸菸帳篷龜龜。而且這些帳篷周圍都用布幕遮蔽，沒人能從出入口以外的地方進出龜龜。換句話說不可能是外人犯案龜龜。既然這樣，只能認定是鷲夫哥下的手龜龜。」

「不是我，我不是凶手！」

鷲夫哥像是隨時會飛上天般激烈振翅，拚命對吉祥物同伴訴說自己的清白。

「我和千針弟是隔著屏風在帳篷兩邊抽菸。我沒管他，就只是專心思考『吉祥賽』上台要表演什麼。想著想著，屏風另一頭就傳來某人啪咚倒下的聲音，這人當然就是千針弟吧。接著我還聽到『嗚咕！』的呻吟。我想說不知道發生什麼事，從屏風後面探頭一看，發現千針弟趴倒在地上。我走過去試著叫他，但他沒回應也沒動彈，後來我就害怕起來，發出那樣的尖叫了。」

「…………」

鷲夫哥解釋完之後，眾人朝他投以困惑的視線。經過微妙的停頓，鷲夫哥突然「啊！」地驚覺不對，連忙改口。

「後……後來我就害怕起來，發……發出那樣的尖叫鷲鷲！」

鷲夫哥回復為原本的角色，眾人見狀鬆了口氣。不小心變回原本自己而出糗的鷲夫哥，像是懊悔般顫抖。看來即使只是一瞬間，只要忘記自己的角色定位就是吉祥物的奇恥大辱。

「鷲夫哥那麼說，不過偵探先生相信他的說法嗎蟹蟹？」

聲音像是少年的毛蟹吉祥物徵詢鵜飼的意見。鵜飼隨即說出意外的回應。

「嗯，我相信。我認為鷲夫哥不是殺害千針弟的真凶。」

吉祥物們一副「你說什麼？」般驚慌起來。在這樣的狀況中，觀光課長吉田以指尖扶正黑框眼鏡，向偵探確認。

「你究竟是以什麼根據，斷言鷲夫哥不是凶手？」

「很簡單。因為啊，請看看鷲夫哥的手。他的手是鷲的翅膀吧？那不就沒辦法拿冰錐了？」

「原……原來如此。確實。」觀光課長恍然大悟雙眼閃閃發亮。「拿不了冰錐的鷲夫哥殺不了千針弟。很有道理。所以說，反過來想，凶手就是拿得了冰錐的吉祥物嗎……」

像是被觀光課長這番話引導，吉祥物們看向彼此的手。最後，眾人的視線集中在一隻吉祥物的手。是告發鷲夫哥為真凶的當事人——彩龜吉祥物龜吉弟。龜吉弟像是深感遺憾般大喊。

「不……不是我龜龜。我的手確實有五根手指，可以拿東西，但我沒有拿冰錐刺殺千針弟龜龜！」

「可是，沒有別人了蟹蟹。」毛蟹寧如此斷言。「我的雙手是巨大的蟹螯蟹蟹。雖然可以夾東西，卻不能抓穩蟹蟹。山女妹的雙手是胸鰭，鷲夫哥的雙手是翅膀，至於 Maika 雖然有十隻腳，卻連一隻手都沒有蟹蟹。能抓穩冰錐的只有龜吉弟蟹蟹。」

「沒……沒那回事龜龜！」慌張的龜吉弟，指向他面前的男性。「還有吉田龜龜！」

「龜……龜吉弟，你說這什麼話？我可不是吉祥物吉吉。」

——連觀光課長都變成怪怪的角色！

吉祥物的恐怖影響力，以及吉田太容易受影響的個性，使得朱美合不攏嘴。

她面前的龜吉弟繼續拚命為自己辯護。

「我一直待在等候室帳篷，從來沒踏進吸菸帳篷龜龜。和我在一起的山女妹跟Maika可以作證龜龜。對吧，山女妹？」

「是的，龜吉弟和我們一起輕鬆說笑，在我旁邊笑得很開心魚魚。龜吉弟沒機會刺殺千針弟魚魚。他不是凶手魚魚。」

山女妹努力為同伴龜吉弟辯護。不過在她的身旁，那隻白色怪物完全切換成疑心病重的偵探模式，緩緩開口。

「不，這可不一定賊賊……」

「妳……妳在說什麼，Maika？我們一直和龜吉弟在一起啊魚魚？」

「嗯，確實是這樣。不過問題在於鵜飼先生他們在等候室帳篷門口，和毛蟹寧吵嘴的那個時候～～那時候我和山女妹立刻跑到門口，卻只有龜吉弟沒加入，獨自留在帳篷裡～～只有這一瞬間，龜吉弟可以神不知鬼不覺單獨行動～～那他就可以利用這個空檔，迅速移動到旁邊的吸菸帳篷，用冰錐刺殺裡面的千針弟吧賊賊？也可以若無其事再度回到等候室帳篷，裝作一直都在原地沒動吧賊賊？這也是有可能的～～」

聽到Maika的指摘，朱美連忙搜尋自己的記憶。鷲夫哥大叫的時候，確實只有龜吉弟獨自待在等候室帳篷。當時龜吉弟或許只是假裝聽到哀號嚇一跳，實際上是剛行凶完畢賊賊。或許我們完全被他騙了賊賊……

下意識受到Maika影響的朱美，點頭接受這個說法。

「Maika說得沒錯。總歸來說，這是一種高速殺人手法。不過完全不符合烏龜的形象就是了。」

「嗯。確實很難想像龜吉弟敏捷行動的樣子。不過，也可以說是反過來利用這個形象的聰明犯行。怎麼樣，龜吉弟，要投降嗎？」

鵜飼如此詢問龜吉弟，但在下一瞬間，龜吉弟發出「呼呼呼……」的狂妄笑聲，雙手扠腰稍微挺直身體。以烏龜來說，這樣應該十足是抬頭挺胸的姿勢吧。

「高速殺人？這我辦不到龜龜。各位有一個天大的誤解龜龜。」

「什麼誤解？」鵜飼納悶詢問。

龜吉弟環視眾人，開始反駁。

「各位以為我是為了維持烏龜這個角色的特徵，才會故意慢慢行動龜龜。不過，這不是單純的角色設定龜龜。實際上，我只能慢慢行動龜龜。因為我和其他角色不一樣，總是背著這個二十公斤重的鐵殼龜龜……」

「什……什麼？二十公斤重的殼？」鵜飼驚聲問完，大步走到龜吉弟背後，撫摸敲打綠色的甲殼。沒多久，鵜飼的表情染上驚愕的神色。像是大喊般開口。「是鐵！這個甲殼確實是鐵製的，二十公斤重不是謊言。了不起的毅力！」

聽到鵜飼的叫喊，朱美想起早期棒球漫畫登場的鐵屐或某某聯盟培訓裝備。龜吉弟刻意背著鐵製甲殼，揮汗緩慢行動。為了讓自己盡量接近笨重的烏龜……

目睹驚人真相的吉祥物們，一起圍住龜吉弟。

「二十公斤的甲殼蟹蟹。這樣的話，就絕對不可能高速殺人蟹蟹？」

「那當然鵜鵜。別說高速殺人，光是要動肯定就很費力鵜鵜。」

「不惜做到這種程度也要完全融入角色，這是吉祥物的榜樣賊賊。」

「不，他已經不是吉祥物了吉吉。是完美的彩龜吉吉。」

「龜吉弟果然不是凶手魚魚～～我鬆了一口氣魚魚～～」

「謝謝。能夠洗刷冤情，我也很高興龜龜。」

「唔～～這麼一來，案件又回到原點了鷲鷲。」

吉祥物們告自表達驚愕、讚賞、安心與失望的心情。至於哪個吉祥物講了哪句話，請各位從發言的內容與語尾判斷吧朱朱！

五

經過一番折騰，連破案頭緒都沒有，就這麼經過三十分鐘。距離「吉祥賽」開始時間剩下三十分鐘的時候，鷲夫哥像是忍不住般開口。

「不好意思，方便我在這裡抽根菸嗎鷲鷲？屍體依然躺在吸菸帳篷，我在那裡沒辦法安心抽鷲鷲。」

看來鷲夫哥是老菸槍。所有吉祥物（包括鵜飼與吉田）准許鷲夫哥抽菸。在這樣的狀況中，鵜飼事到如今才問一個簡單的問題。

「雖說要抽菸，但這樣究竟要怎麼抽菸？脫掉布偶裝？」

「不，我不會搞得那麼麻煩喔。」

鷲夫哥只說這句話，然後坐在折疊椅，維持這個姿勢在內部摸索東西。這究竟是在做什麼？鵜飼與朱美轉頭相視。不久，在兩人的注視之下，鷲夫哥張開的嘴冒出裊裊白煙。朱美見狀隨即發出驚訝又困惑地大喊。

「慢……慢著，鷲夫哥，你在做什麼？明明是吉祥物，卻突然從嘴裡吐煙，這樣看起來很像鷲在吐靈體耶！」

「不需要這麼驚訝吧？我平常都是這樣抽的。」

「呼呼，原來如此。」鵜飼撫摸鷲夫哥的布偶裝點頭。「這套鷲的布偶裝，並不是完全貼合身體。布偶裝裡面有一定程度的空間，所以裡面的人可以用雙手從口袋拿出菸跟打火機，在布偶裝的空間抽菸。」

「可是，萬一從布偶裝裡面失火就糟了，這是很危險的行為喔。一個不小心就會變成烤全鷲。沒問題嗎？」

「放心，沒事沒事。」鷲夫哥（裡面的人）從鳥喙伸出拿菸的右手，將菸灰彈到地面。「我不會出這種差錯。你們以為我扮演這個角色幾年了？我早就完全習慣了。」

「…………」這番話完全出自吉祥物表演者的本性。

看來時間太久，裡面的人也沒辦法維持鷲夫哥這個角色的特質了。每句話最後都要加上「鷲鷲」也是麻煩得不得了。而且其他吉祥物如今也默認鷲夫哥這樣的態度。完全不像剛才會提醒或警告。不只如此，毛蟹寧也以少年的聲音說「其實我身上也有菸……」坦承自己有吸菸習慣，連那個山女妹也說「啊～～真的有夠煩……」自己摧毀可愛角色的形象。

在這股鬆弛的氣氛中——

「嗯？等一下鵜鵜，既然在布偶裝裡可以吸菸鵜鵜……」

「怎……怎麼了吉吉？想到什麼疑點嗎吉吉……」

變得比任何人都像是吉祥物的鵜飼與吉田轉頭相視。

「嗯，我忽然想到一件事鵜鵜。這個事件說不定是鵜鵜……」

「正常講話啦！不要演什麼怪角色！」

朱美怒斥之後，鵜飼似乎也終於不再走火入魔。他回復正常的表情與語氣，說出以下的推理。

「這次的事件，假設兇手不是當時待在吸菸帳篷的鷲夫哥，那其他人肯定連接近千針弟都做不到。但千針弟還是被刺殺胸口死亡。這是一種不可能的犯罪，也就是密室殺人。所以試著刻意把帳篷當成非典型的密室思考吧。在這種場合，當然應該考慮某種可能性。但我們至今完全沒檢討這個可能性……」

「應該考慮可能性……是什麼？」

「自殺。偽裝成他殺的自殺。這是最常用來解釋密室的方法吧？」

「你說自殺？」朱美放聲大喊。「意思是千針弟捅自己的胸口？不可能。因為千針弟這角色沒有手，這樣的千針弟要怎麼拿冰錐捅自己的胸口？」

「不對，朱美小姐。妳誤會了。」鵜飼精闢指摘。「千針弟不是從布偶裝外側，是在布偶裝內側往自己胸口捅下去。」

「在布偶裝內側……？」

「是的。這不難吧？連鷲夫哥布偶裝裡面的空間，都足夠用雙手抽菸，那麼刺河魨圓滾滾的布偶裝裡面，肯定更能自由使用雙手。千針弟裡面的人，想必是將冰錐藏在口袋，再穿上布偶裝。然後他進入吸菸帳篷，自己握住冰錐，往自己的左胸插下去。所以我們到處都找不到凶手，反倒是理所當然。因為這一切都是千針弟在布偶裝裡親手進行的。」

「可……可是發現屍體的時候，冰錐掉在布偶裝外面的地上啊？」

「刺穿自己胸口的千針弟，擠盡最後的力氣，將沾血的冰錐從布偶裝的嘴巴扔到外面地上。這是為了偽造成自己是從布偶裝外側被刺殺的。」

「那……那麼，千針弟布偶裝胸口的那個洞……」

「當然是千針弟自己預先戳的洞。不過那是冰錐戳破的小洞，所以直到詳細調查之前沒人發現。」

鵜飼接連駁倒朱美的疑問，接著朱美說出最大的疑問。

「目的是什麼？千針弟為什麼需要用這種奇妙的方式自殺？」

「當然是要將殺人罪嫌嫁禍給水火不容的勁敵鷲夫哥吧。我也不知道千針弟決定自殺的直接原因。可能是被喜歡的女生甩了想尋死，也可能欠了一屁股債。不過千針弟大概認為就算選擇自殺，也不能平白死掉吧。所以他用這種奇妙的手法，要將他討厭的鷲夫哥拖下水。這次就是這樣的事件。」

原來如此，確實說得通——朱美也不得不認同。

受害者與嫌犯都是布偶裝吉祥物，本次的事件就是如此特殊。如果要給一個合理的解釋，確實只有鵜飼現在說的推理可以選擇吧。千針弟將自己是吉祥物的特性活用到極限，將自己的死偽造成非典型的密室殺人。這個策略成功一大半，卻在最後的最後被正經起來的鵜飼慧眼識破。

「偵探先生說得沒錯龜龜。千針弟是自殺的龜龜。」

「我也覺得應該是這樣鷲鷲。」

「既然這樣，『吉祥賽』就可以舉辦了嗎蟹蟹？」

「肯定會舉辦魚魚～～太好了魚魚～～」

大概是早早察覺「吉祥賽」會正常舉辦的氣氛吧，直到剛才都毀掉自己角色的吉祥物們，再度開始全力飾演自己的角色。變貌速度快得令朱美嘖嘖稱奇。

不過，對於鵜飼這個推理感到最高興的，莫過於觀光課長吉田。他緊緊握住如今堪稱盟友的鵜飼雙手，開心說出感想。

「太好了。既然是自殺就沒有凶手。那麼『吉祥賽』選誰是冠軍都沒問題。這樣就能放心舉辦比賽了。雖然對不起死去的千針弟，但這是我們求之不得的結果。哎呀，太好了太好了……」

觀光課長以滿臉笑容表達喜悅。不過，就像是朝他這發喜孜孜的態度潑出一大桶冷水，那隻巨大白烏賊的聲音響遍全場。

「不對！現在要認定是自殺還太早賊賊……」

六

劍崎 Maika 語出驚人，對此最慌張的莫過於觀光課長吉田。他走向 Maika 巨大的白色身軀，一邊扶正黑框眼鏡，一邊詢問究竟。

「我……我說 Maika，妳剛才那句話是什麼意思？我……我認為鵜飼偵探剛才的推理，已經漂亮說明了這次的事件啊？哈……哈哈哈……」

吉田露出尷尬的笑容，將臉湊向 Maika，突然壓低音調。「要是繼續多嘴，我就剝奪妳的參賽資格。這樣妳也不在乎嗎？」

吉田嚴肅地威脅 Maika。看來他身為觀光課長的形象也逐漸崩壞。或許現在這個狡猾個性才是他的本性。

不過，Maika 沒屈服於吉田的威脅，提出一個疑點。

「假設正如偵探先生的推理，千針弟的死亡是自殺～～這麼一來，無論如何都有一個無法解釋的部分～～就是手套～～」

聽到這個詞的瞬間，鵜飼發出「嗚！」的呻吟。看來是戳到偵探的痛處了。

「唔～～不愧是 Maika，妳發現了嗎？」

「是的。依照偵探先生的推理，千針弟刺殺自己胸口，再擠盡最後的力氣，將冰錐從布偶裝的嘴巴扔出去。但是要這麼做就一定得戴手套，如果沒戴手套，冰錐會留下千針弟自己的指紋，這樣就會輕易被看出這是自殺賊賊～～」

「Maika 說得沒錯。如果這是自殺，千針弟當然會戴手套吧。布偶裝裡面的人就算戴一雙工作手套，別人看起來也不會覺得奇怪。不過裡面的人沒戴手套。既然這樣，看來我的推理還沒接觸到真相。唔～～但我覺得我講的這個方向很不錯啊……」

自己推理被推翻的鵜飼，表情看起來有些灑脫。

反觀站在一旁的觀光課長，則是「咦～～怎麼現在才改口啊……」講得很失望。他一屁股坐在折疊椅抱頭。「距離時限剩下十五分鐘。不可能了。在這種狀況，實在沒辦法舉辦『吉祥賽』……」這番話實質上等同於宣告放棄。

聽到他這麼說，吉祥物們大概也終於剪斷緊繃的線，一起展現自暴自棄的態度，顯得無比失望。

「嘖，不幹了不幹了！這種鬧劇，我玩不下去了！」

「早知道這樣，就不應該報名『吉祥賽』了。」

「要叫警察還是誰都隨便你們吧！」

「一點都沒錯！居然把別人當笨蛋耍！」

形象終於全毀。可愛的態度與聲音、獨具特色的語氣與語尾全部放棄，如今他們是淪落為「前吉祥物」的可憐布偶裝怪獸。連朱美也無法判斷哪句話是誰講的。

在如此絕望的狀況中，只有劍崎 Maika 沒消沉也沒生悶氣，獨自繼續維持烏賊吉祥物的形象。她離開同伴身邊，一個人進入旁邊的吸菸帳篷。朱美與鵜飼在意她的舉動，就這麼默默跟著白色的背影走。

吸菸帳篷裡是千針弟（裡面的人）的屍體，以及他生前穿的整套布偶裝。折疊椅上是推測為凶器的冰錐。應該是被害者死前所抽的沒抽完香菸、菸盒、使用許久滿是刮痕的金屬打火機也並排在旁邊。

白色怪物，別名「吉祥物偵探」的劍崎 Maika，動也不動注視著這些物品。隔著布偶裝也清楚感受到那股懾人的氣魄。

「Maika，怎麼了？什麼地方讓妳在意嗎？」

鵜飼問完，有點激動的 Maika 輕聲說「唔～～我好像快想通什麼了……」在帳篷裡走來走去。朱美與鵜飼緊張看著她。接著或許該說正如預料，沒能完全操控巨大身軀的 Maika，在平坦地面失去平衡往前倒。朱美與鵜飼發出「啊～～」的傻眼聲音。但在下一瞬間，摔倒的 Maika 擺動雙腿，以抱持確信的語氣大喊。

「我……我知道了！這個事件是這麼一回事賊賊！」

七

劍崎 Maika 再度回到等候室帳篷，面對眾人說出事件真相。

「刺殺千針弟的，是體格嬌小的女性賊賊……」

聽到這句話的瞬間，所有人的視線集中在某隻吉祥物。除去 Maika 自己，場中的吉祥物只有一人是女性。

「山女妹？咦，是她刺殺千針弟？真的假的？」

「裝得這麼可愛，動起手來還真猛啊！」

「動機是感情糾紛嗎？」

龜吉弟、毛蟹寧、鷲夫哥。三隻男性角色一起發出下流的笑聲。看來他們完全忘記自己是叫做吉祥物的風雲人物。朱美嘆了長長的一口氣，詢問山女妹。

「真的是妳刺殺千針弟嗎？」

「啊？妳胡說八道什麼勁啊？這種烏賊妖怪講的話怎麼可以當真？反正這傢伙是在陷害老娘。肯定是老娘比較可愛所以吃醋！」

「…………」唔哇，原來山女妹骨子裡是愛耍壞的太妹角色？朱美有種受騙上當的感覺，朝 Maika 投以求救般的視線。「山女妹真的是凶手嗎？」

「我完全沒說山女妹是凶手～～」

「可是，妳說凶手是嬌小的女性……不會吧，Maika，難道妳想說吉岡沙耶香是凶手？」

「吉岡沙耶香是誰啊～～我不認識這個女生喔～～」劍崎Maika（裡面的少女）努力裝傻，再度回復為嚴肅的語氣說下去。「各位聽好了～～請仔細回憶一下。我們來這裡的途中，在慶典總部前面，把跌倒的千針弟扶起來對吧？在那個時候，千針弟肯定說過，『剛才被一個小女生撞倒』。」

「嗯，他確實說過這種話……咦？難道說，Maika，撞倒千針弟的那個小女生是凶手？」

「是的，一點都沒錯～～」Maika像是在點頭般，整個身體前後晃動。「不過，千針弟說她是『小女生』，始終只不過是一瞬間的印象。我覺得她實際上不是小孩，是嬌小到像是小孩的成年女性賊賊～～因為我終究不願意相信是嬌弱的小孩拿冰錐刺殺千針弟～～」

「咦，等等！」朱美極度混亂地反問。「怎麼回事？不管是小孩還是大人，那個嬌小的女性只是撞倒千針弟吧？」

「不對，不是這樣～～不是撞倒，是突刺～～拿著凶器冰錐，狠狠往千針弟胸口捅下去……」

「咦？可是，如果她那麼做，千針弟肯定早就死在那條路上吧？」

「是的。實際上，很可能是這樣。不過千針弟撿回了一條命～～」

「啊啊，原來如此。我知道了。」鵜飼從旁插嘴。「重點在打火機。千針弟裡面的人，肯定把菸與打火機放在運動衫胸前的口袋。而且那個打火機是金屬打火機，湊巧成為保護他胸口的小小盾牌。」

「一點都沒錯～～女性往千針弟胸部捅下去的冰錐前端，只讓滿是刮痕的打火機表面增加一道刮痕，沒刺中裡面的人。不過！」Maika 增加音量，如同強調這裡是重點。「這個時候，插在千針弟胸口的冰錐，離開凶手女性的手，就這麼深深插在千針弟的布偶裝賊賊。而且不只是我們，連千針弟自己也完全沒察覺這個事實賊賊。」

「意思是冰錐就這麼插在千針弟的胸口？不會吧，這種事怎麼可能……」

朱美輕聲說，一旁的鵜飼遺憾般搖頭。

「不，有可能。簡單來說，冰錐貫穿布偶裝的表面，卻沒有到達裡面的人的身體。妳想想，布偶裝裡面的空間，大到能夠用雙手抽菸對吧？冰錐雖然連握柄都深深插進布偶裝，不過前方是一無所有的空間，所以就這麼掛在那裡。」

「那麼，我們扶千針弟起來的時候，他胸口已經露出冰錐握柄了？」

「正是這麼回事。不過，千針弟是參考刺河魨設計的吧？他全身本來就覆蓋許多突起物，就算冰錐握柄從胸口露出來，我們也不會注意到，而是當成突起物之一。何況冰錐的握柄是褐色，所以和千針弟的體色同化更難分辨。Maika，我說得沒錯吧？」

「就是這麼回事～～」Maika 再度搖晃身體。這具身體除了晃動，做不出其他像樣的動作。「到了這個程度，各位應該已經知道事件真相了吧。千針弟的布偶裝胸口就這麼插著冰錐，後來他走進準備室帳篷，就這麼立刻進入吸菸帳篷。接著，千針弟裡面的人，從運動衫胸前口袋拿出菸與打火機，點了一根菸。千針弟是那種體型，所以應該沒坐在椅子上，而是站著抽菸吧。不過，菸才剛點燃，千針弟就不小心失去平衡……然……然後……」

Maika 不忍心繼續說下去而沉默。就像是要代替「吉祥物偵探」劍崎 Maika，「在人類之中最接近吉祥物的私家偵探」鵜飼杜夫，終於道出事件的真相。

「我知道了，Maika。失去平衡的千針弟是往前倒，而且在這一瞬間，掛在布偶裝的冰錐前端刺中千針弟的胸口。他這個時候正在抽菸，所以原本會成為盾牌的打火機在他手中，不在胸前口袋。冰錐前端這次真的直接刺進千針弟胸口，插入心臟，造成裡面的人死亡。」

真相終於大白。過於意外的實情，似乎令觀光課長以及吉祥物同伴們都完全說不出話。在這樣的狀況中，還以為揭開事件謎底的劍崎 Maika 會露出得意洋洋的表情，不對，反倒很想露出充滿悔恨的表情吧，不過她是吉祥物，所以連表情都做不出來，最後只能以聲音吐露強烈的後悔之意。

「這次的事件，是容易往前倒的我們吉祥物才會發生的事件。不過，如果我能夠多注意一下，或許可以防範這個事件賊賊，千針弟也不用死了賊賊。想到這裡，我就深感遺憾。」

「不需要這麼自責。」朱美說完想摟Maika的肩，但她沒有肩膀，最後只能緊抱她白色的身體。

觀光課長代替朱美，說出一個大大的疑問。

「可是啊，偵探先生，凶器冰錐被發現的時候是在地上。究竟是誰從他胸口抽出凶器？」

「沒有任何人抽出凶器。真要說的話，就是千針弟自己吧。」

「啊？意思是千針弟自己把插入胸口的冰錐抽出來？」

「不，這應該不可能吧。我不是這個意思，拔出冰錐的是千針弟的布偶裝本身。」

「布偶裝？」

「是的。雖說是布偶裝，不過千針弟的布偶裝像是有彈性的球。他往前倒的時候，壓到的部位會暫時凹陷，但是只要站起來就會回復原狀。換句話說具備彈性與復原力。插在布偶裝胸口的冰錐，在千針弟摔倒的時候，深深插進千針弟胸口。不過我們把他抱起來之後，因為布偶裝的復原力，冰錐立刻從他的胸口抽出來，再度掛在布偶裝上面，後來在發生那個事件的混亂之中，握柄的重量讓冰錐自然從布偶裝胸口掉到地面。真相恐怕就是這麼一回事吧。」

鶉飼回答最後的疑問之後，重新向觀光課長吉田開口。

「這次肯定沒錯。真凶是在帳篷外面撞倒千針弟的嬌小女性。我不知道她的真實身分，所以行凶動機也不得而知。或許那名女性和千針弟裡面的人，真的發生過感情糾紛……總之不提這個，至少在場的吉祥物們，都不是刺殺千針弟的凶手，這是明顯可以確定的事。這麼一來，您也可以放心舉辦『吉祥賽』了吧。」

「您說得沒錯。偵探先生，多虧您的協助。」

觀光課長一臉感激弟握住鶉飼的手，但鶉飼緩緩搖頭。

「我什麼都沒做。這都是『吉祥物偵探』劍崎 Maika 的功勞。」

像是被這句話引導，吉祥物同伴們圍住 Maika，各自稱讚她的精湛推理，由衷樂見比賽確定舉辦。

「Maika，妳好厲害龜龜！真的是名偵探龜龜！」

「這樣就可以舉辦『吉祥賽』了魚魚～～多虧 Maika 的精湛推理魚魚～～」

「不過，既然要比賽，那麼大家都是對手嗎蟹蟹？」

「嗯，我也要全力搶冠軍鷥鷥！」

——你們明明直到剛才都不想演了！

對於吉祥物們臉皮厚到不行的生命力，朱美只能傻眼以對。

八

通稱「吉祥賽」的「烏賊川市吉祥物選拔賽」，在河岸親水公園的主舞台按照計畫盛大舉行。包含劍崎 Maika 的五隻吉祥物在這場比賽登場。他們以擅長的溫吞動作與說話方式引得觀眾輕鬆一笑，最後一起溫吞述說自己對烏賊川這塊土地的愛，結束各自的表演。

經過這場激戰，奪下「吉祥賽」冠軍的是毛蟹吉祥物——毛蟹寧。毛蟹寧獲得獎狀以及豪華獎盃，附贈一年份的魷魚絲。如果奪冠的是 Maika，這個場面想必很尷尬吧。放掉冠軍或許是對的。

「近江老師，請問毛蟹寧的致勝關鍵是什麼？」

評審長似乎沒想到主持人會這麼問，露出為難的神色。「那個，因為他的名字很歡樂……」他含糊回答。觀眾席立刻傳來「角色很溫吞，評審理由也很溫吞耶！」的犀利吐槽。舞台與觀眾席籠罩祥和的氣氛。

總之「吉祥賽」順利（？）舉辦完畢，長達三天的「烏賊節」就這麼在盛況中落幕。

夜幕終於開始籠罩慶典會場，烏賊川市民紛紛離去。朱美與鵜飼也聽著遠方響起的警笛聲踏上歸途。

「看來觀光課長終於報案了。不過延遲報案不會有責任上的問題嗎？課長會不會被炒魷魚啊？」

「天曉得。觀光課跟警方應該會巧妙達成共識吧。『好了好了，這裡就給個方便……這麼做是為了市民著想……』『真拿你沒辦法……下不為例啊……』這樣。」

「這是怎樣？這座城市真的各方面都很隨便耶。這樣抓得到凶手嗎？」

「實際上，要找出刺殺千針弟逃走的嬌小女性，大概難如登天吧。」

兩人一邊交談，一邊穿過開始變得冷清的正門。

這個時候，一輛紅色的菜籃腳踏車即將從兩人旁邊經過。騎車的是頭髮燙捲的陌生中年女性。這名女性在超越兩人的時候，朝朱美他們露出笑容揮動單手。

「鵜飼先生、朱美小姐，我先走了，今天很快樂魚魚～～」她以開朗氣息道別。這個熟悉的聲音令朱美與鵜飼愕然。

「咦，那是山女妹裡面的人？就只是個歐巴桑吧？」

「總覺得和想像的不一樣。我以為是更年輕的女生……」

不過仔細想想，布偶裝裡面的人和吉祥物的個性不同，是天經地義的事。

朱美如此說服自己，此時一輛小貨車緩緩接近到朱美身旁。

「喲，兩位，後會有期啊！」

從駕駛座打招呼的是體格壯碩，像是基層勞工的男性。副駕駛座是一名熟齡男性。熟齡男性向朱美他們輕揮手上的菸示意。載著兩名男性的小貨車，就這麼從朱美他們身旁經過。車斗放著似曾相識的沉重綠色甲殼。看到甲殼的瞬間，朱美不禁「啊！」地大喊。

「那個駕駛是龜吉弟！」

「那麼，在副駕駛座抽菸的阿伯，肯定是鷲夫哥吧。」

載著甲殼的小貨車，像是拋下驚訝的兩人般駛離。

接著出現在兩人身旁的是一輛廂型車。側邊車身印著「吉岡酒行」的標誌，一眼就看得出來這是吉岡沙耶香搭的車。廂型車來到朱美他們旁邊，就這麼以步行速度緩慢駕駛。副駕駛座車窗開啟，頭髮綁成兩束的少女露面揮手。「偵探先生～～！朱美小姐～～～！」

「嗨，Maika，可惜妳沒能在『吉祥賽』獲勝。」

「我們也有在觀眾席加油打氣喔！」

「不，沒關係。託兩位的福，這場比賽令我印象深刻……」少女說到一半，突然露出驚覺不對的表情，接著猛然搖頭。「兩……兩位這是在說什麼？『吉祥賽』？Maika又是誰？我完全聽不懂～～」她慢了好幾拍才裝傻。

朱美與鵜飼笑嘻嘻看著少女慌張的模樣。

沙耶香向這樣的兩人大幅揮手。

「那麼，改天在其他地方見面吧～～」

少女留下約定重逢的話語，載著她的廂型車迅速遠離。

接著，一輛輕型機車像是追著廂型車般接近過來。

騎車的是非常嬌小的女性，看起來簡直是國中生，一個不小心還可能誤認是小學生。這名女性經過朱美他們身旁時刻意放慢速度，指著機車後座。後座以繩索綁著一個似曾相識的冠軍獎盃。

「……嗯？」朱美與鵜飼不禁轉頭相視。

嬌小的女騎士看著兩人的反應，以似乎在哪裡聽過的少年聲音道別。

「先走啦，兩位，再見蟹蟹～～！」

博士與機器人的偷天換日詭計

一、殺意

這件事發生在十二月中，某個風雨交加的夜晚。撼動大地的雷鳴與劃破黑夜的閃電。閃光瞬間照亮的古老西式宅邸，令人誤以為是即將崩塌的廢墟。但這不是單純的民宅。搖搖欲墜的門柱掛著「秋葉原研究所」的招牌。大大寫在招牌的文字遭受暴雨沖刷，感覺隨時都會被沖掉。

這種古色古香的詭異研究所，當然不是座落在時尚年輕人們昂首闊步的東京都秋葉原。這裡是距離「花之都」東京甚遠的「烏賊之都」烏賊川市。相傳是關東犯罪率最高的都市。因此即使設施再怎麼奇怪，裡面進行的研究再怎麼詭異，都不需要覺得匪夷所思。

這間「秋葉原研究所」深處有一間研究室。包括大型電腦、液晶螢幕、各種儀器、實驗器材、健康器材、遊樂器、動畫ＤＶＤ、泡麵空碗、漫畫雜誌或是正統推理小說等各種東西胡亂堆放，是舒適度滿分的宜居空間。所長秋葉原博士露出感慨至極的表情站在正中央。

像是克制興奮情緒般握緊拳頭，白袍的背影感動到微微顫抖。最後，壓抑不住的喜悅話語，從周圍滿是鬍碴的嘴滿溢而出。

「成功了，我成功了！終於完成了。已故的父親賭上人生，後來由我這個兒子繼承，費盡心血研究至今的人形二足步行機器人，如今在這裡迎接完成的一瞬間！」

二十一世紀已經經過十五年以上。在這個時代，簡單的二足步行機器人會當成雜誌附錄在書店販售。在這樣的世界，秋葉原父子研發的新型機器人，究竟具備多少學術上或商業上的價值？老實說並不確定。不過至少這位博士，只有這位博士，對於這具機器人優秀的創新度與高超的完成度，完全不抱一丁點的質疑。

「呼呼呼，因為不只是實現二足步行的夢想。這具機器人還搭載最新的人工智慧與語音辨識系統，可以確實理解對方的話語，甚至能以人工語音回應。換句話說，這具劃時代的機器人可以和人類對話。呼哈哈哈！」

這樣的功能對於現今的機器人來說還算是理所當然，秋葉原博士卻說得得意洋洋。他是這間研究所的所長，同時也是唯一的研究員，因此研究室沒有任何部下稱讚他的才華，也沒有同伴一同分享成果。

「……………」感覺到些許空虛的博士沉默片刻，然後忽然抬頭。「對了，我不是有機器人嗎？讓這傢伙陪我說話吧。」

博士逕自低語，拿起控制器。黑色小盒子正中央的紅色按鍵就是啟動鍵。其實博士想做成流行的觸控式面板，但是預算不夠，最後只能做成像是遙控飛機控制器的醜玩意。不過，這樣也好。就某方面來說有種復古的味道。

「總覺得好像『鐵人28號』。不，以我的狀況是『單身42號』……」

博士有點自嘲地呢喃，以拇指按下紅色按鍵。「啟動！」

接著，原本無力駝背的人形機器人，立刻出現亮眼的反應。

如同突然朝背脊使力，成為直立不動的姿勢。臉部像是具備意識的人類，做出收起下顎的動作。臉部中央附近伸出兩個圓圓的鏡頭，這是機器人的眼睛。嘴角安裝的揚聲器發出人工語音的斷續聲音，向面前的博士進行開機的問候。

「嗨，秋葉原博士，今天過得好嗎？」

「……」瞬間，感慨至極的博士雙眼，流下滂沱的喜悅淚水。

怎麼樣，聽到了嗎？那充滿人味的問候！昔日懷舊的機器人們，都是以「嗶波叭波」或「叭嗶噗呸波叭波」這種蠢到不行的電子音效問候。無機質營造的幽默魅力縱然不能否定，但是時代確實改變了。

博士以白袍袖子擦淚，然後回答面前的機器人。

「啊啊啊，歐歐。窩鍋得很好喔，嗚嗚……」

「無法辨識。無法辨識。」

「啊啊，抱歉。」博士吸回鼻水，以清楚的發音重說一次。「我剛才說『謝謝，我過得很好喔』。你看起來也挺不錯的，那個……我該怎麼叫你？咦，這麼說來，你還沒有名字吧？」

「是的，我還沒有名字。博士，請為我取名。」

「我想想……」博士思考沒多久就輕敲手心。「那麼，就致敬那位將機器人概念傳遍世界的偉大科幻作家以撒・艾西莫夫，叫你『ASIMO』怎麼樣？」

「博士，您當真嗎？世界的本田不會坐視喔。」

「不行嗎？那麼，既然你是我的可靠搭檔，叫你『AIBO』怎麼樣？」

「這樣也好像是要槓上索尼……」

「對喔，那麼，要叫什麼呢？」博士按著下巴思考。

在日本，自從手塚治虫的「ATOM」之後，機器人的名字似乎取成三個音節比較受歡迎。索尼的「AIBO」、本田的「ASIMO」，此外好像還有其他機器人也是如此……不，總這之不重要。博士抬起頭，向面前的機器人提議。「像這樣和你對話，感覺你應該是男生。那就叫你『洛博太』怎麼樣？『ROBOT』的『洛博』，『太郎』的『太』。這名字很像人類吧？」

實際上一點都不像人類。「洛博太」的發音是機器人「ROBOT」語源的捷克語，意思是「強制勞動」。不過，博士判斷這應該沒問題。機器人的人工智慧原本就沒輸入機器人相關的負面資訊。這具機器人不會察覺這個名字原本的意思。

「好，你從今天起就是洛博太了。」

「洛博太。博士，真棒。」機器人將這個名字儲存在自己的人工智慧，然後複誦「我是洛博太。機器人的洛博太」。就這樣，洛博太誕生了。

不過，慶祝洛博太誕生的心情，立刻被這時候打來的一通電話毀掉。

博士從白袍口袋取出舊型手機，按在耳際。下一瞬間傳入耳朵的，是聽起來壞心眼的男性聲音。對方是深澤新吉。深澤是很照顧博士的熟齡男性。博士說聲「您好」打招呼之後，深澤以低沉的聲音回應。

『嗨，博士，狀況如何？我就直接說明用意吧，先前借你的機器人研發費，差不多該還了。只不過，如果你還不了，我只會接收你抵押的物品。別怪我啊，因為本來就是這麼說定的。』

「咦，不，可是，深澤先生，那個……」

博士拿著手機慌張起來。但深澤以毫不留情的語氣叮嚀。『我借你錢也不是做功德喔。那麼，期限是今年底，拜託啦。』

深澤單方面說完用意就掛掉電話。完成新型機器人的喜悅飛到九霄雲外，面前只有殘酷的現實。看到博士這副模樣，洛博太擔心詢問。

「博士，怎麼了？您氣色不太好……啊，剛才那通電話，想必是債主討債的電話吧？」

看來給它的人工智慧太優秀了。對於洛博太的洞察力，博士一邊咂嘴一邊回答。「一點都沒錯，洛博太。對方是叫做深澤新吉的貪心財主。」

「究竟借了多少錢？」

「總共五千萬圓。都是機器人的研發經費。」

「咦咦，五千萬圓！居然為了研發無聊的機器人，借了五千萬圓這麼多？」

「喂，居然說無聊……」博士不禁怒目相視。不過，既然洛博太認為自己是無聊的機器人，就某方面來說也沒辦法。博士如此死心之後緩緩搖頭。「情非得已。那是必須的開銷。要我將嘔心瀝血的研究放棄，我做不到。」

「順便請教一下，您有還錢的門路嗎？沒有吧？」

為什麼擅自認定沒有？博士瞪向洛博太。「哎，確實沒有就是了。」

「不行喔，博士。借錢不還，是人渣在做的事。」

「說我人渣是怎樣！」不像機器人的惡毒說詞，令博士雙眼圓瞪。「我這個人有借有還。不過，沒辦法立刻還清。總之，這筆錢是用研究所的土地、建築物加上試做中的機器人一起抵押借來的，所以只要交出這些東西，債務就可以一筆勾銷……」

「唔，博士，請等一下，『試做中的機器人』是我嗎？」

「沒錯。」博士說完點頭，洛博太隨即臉色大變。不，實際上機器人的臉色沒有大變，不過它的動作與聲音有變化。「博……博士，您打算怎麼做？打……打算拿我去還債嗎？」

「怎麼可能。這樣就如他所願了。我絕對不會交出洛博太，也不會交出這間研究所。不過，這樣無法解決任何問題。啊啊，我到底該怎麼做？」

「為什麼要向那麼過分的人借錢？您沒朋友嗎？」

「嗯，我確實沒朋友啦……」這傢伙讓我講這什麼話？博士斜眼瞪了洛博太一眼。「不過，深澤新吉的妻子，其實是我的遠房親戚。那位夫人很善良，把我當成親生兒子疼愛。因為他們夫妻膝下無子。基於這段緣分，我才會不小心向深澤借錢。」

「既然這樣，拜託那位夫人延長還款期限就行吧？」

「不可能。她也早就對深澤心灰意冷，現在兩人正在分居。總之，雖然不到熟年離婚的程度，但深澤不會聽她的話。唉……」

束手無策的博士嘆了口氣。洛博太以左右鏡頭注視博士。最後，它的人工智慧似乎得出一個結論。洛博太以沉重的語氣建議。

「既然這樣，解決方法顯而易見。只能下手了。」

「下手？下什麼手？」

「就是下殺手。殺掉深澤。這麼一來，債權會移轉到夫人那裡，那麼只要之後和她溝通，自然能夠解決。不是嗎？」

洛博太的提案過於令人意外，博士受到強烈的震撼。洛博太說要殺掉深澤，而且剛剛才說完「借錢不還，是人渣在做的事」這種話。這傢伙該不會才是機器人渣吧？

抱持這個疑惑的博士，以堅決的態度搖頭。

「不行不行！這是不可能的。就算真的殺掉，也肯定會立刻被警察逮捕。」

「既然這樣，預先準備不在場證明就好。您知道『不在場證明』嗎？」

「不要瞧不起我。就是證明自己案發的時候不在現場吧？例如把建築物裡的時鐘全部撥快一小時，偽造時間擺脫嫌疑之類的麻煩事……」

「唔～～雖然沒錯，但博士的認知有偏差喔。現在的您不需要動用這麼複雜的手法，也可以輕易做出不在場證明吧？」

「現在的我？慢著，可是，現在的我有什麼……啊！」

瞬間，映入博士眼簾的，是站在面前的雙足步行機器人。同時，他腦中閃過一個點子。沒錯。現在的自己確實做得到。因為……「現在的我有洛博太。只要你願意協助，就可以自由偽造不在場證明！」

「沒錯沒錯，博士，你這傢伙終於察覺了！」

「唔，洛博太，你剛才說什麼？」

「咦，是語言變換回路出問題嗎？這是小事。忘掉吧忘掉吧。」

雖然不能忘掉，但這確實是小事。不提這個，博士陶醉於自己掌握最強王牌的現實。只要巧妙利用洛博太，要瞞過警方也不是難事。擺脫還債不安的自己，將能邁向更進一步的研究領域，確實開拓美好的未來。博士不再猶豫。

「好，我決定了。我要打造完美的不在場證明，親手殺掉深澤新吉。目標是完全犯罪。哈哈，呼哈哈哈，哇哈哈哈哈，哇哈哈哈哈哈！」

秋葉原博士壓抑不住湧上心頭的情緒，朝著研究室天花板高聲大笑。震耳欲聾的雷鳴，像是和這個聲音重疊般撼動宅邸。窗外射入的閃電，神祕兮兮地照亮身穿白袍的博士。洛博太看著博士隱含瘋狂氣息的側臉低語。

「博士，您看起來好像企圖征服世界的瘋狂科學家耶。」

烏賊川市再度雷聲大作，彷彿要蓋過這個機械般的聲音——

二、詭計

雖然和搖搖欲墜的「秋葉原研究所」一點都不像，但博士擁有一間別墅。是在遠離烏賊川市中心的盆藏山山腰別墅區建造的小木屋。

是泡沫經濟時代景氣正好的時候，苦於沒有研發經費的父親以「資產倍增計畫」為名義，以轉賣為目的購買的房子。

但是和大多數人一樣，房子買完沒多久，泡沫就破裂了，父親就這麼失意猝死。資產別說倍增甚至還減半的這間別墅，就這麼想賣也賣不掉而留到現在。博士將這間別墅稱為「秋葉原研究所別館」，當成另一間研究設施來利用。這次則是打算用為犯罪據點。

「這個別墅區，本來就是深澤的公司開發的。父親不小心上當，買下這裡的一間房子。」

「原來如此。所以博士的別墅旁邊就是深澤的別墅啊。」

博士點頭表示沒錯。平常只穿白袍的他，現在穿黑色毛衣加褐色長褲。看向窗外，夜幕已經完全籠罩天空。

在這樣的黑暗中，看得到白雪覆蓋的兩層樓建築。是這個別墅區最氣派的建築物。一樓的窗戶透出明亮的燈光。

「那間是深澤的別墅。應該說實際上是第二個家。他一年有一半的時間住在那間別墅。尤其是聖誕將近的這個時期，深澤每年都會在那間別墅度長假，在平安夜找來都市的朋友，辦一場吃喝玩樂的派對。哼，不過只有今年，他的別墅不會舉辦聖誕派對。因為今天將成為深澤的忌日。呼呼呼，哇哈哈哈，哇～～哈哈哈哈哈！」

博士在窗邊哈哈大笑。黑暗的雪空雷聲大作，雷電的閃光照亮他的側臉。博士臉上當然是隱含瘋狂氣息的招牌表情。洛博太像是對這幅老套光景感到厭煩般詢問。

「博士，您很喜歡這個套路？」

「哪……哪有，我沒說我很喜歡。只是巧合，巧合！」

博士不好意思般低下頭。一旁的洛博太不安仰望天候不佳的夜空。

「話說回來，雪下得好大。博士，沒問題嗎？」

洛博太的擔心很中肯。兩人（應該說一人加一具？）是在昨晚開著研究所的廂型車抵達。當時只是零星飄著小雪，但是在經過一整天的今晚，積雪已經達到三十公分，而且持續降下的雪沒有止息的徵兆。

「雪往往會扯罪犯的後腿喔。」

「確實有這個傾向。」不過，這傢伙為什麼知道這種事？看來以人工智慧輸入的基本資訊有偏差……博士感到詫異，卻無法對任何人抱怨。因為洛博太是博士自己組裝的。「哎，算了。這個季節下雪很正常。按照預定執行計畫吧。」

博士套上深灰色的外套，背起裝有重要物品的黑色包包。

「現在是晚上六點。我已經約好晚上七點造訪高橋夫妻的別墅吃晚餐。要在這一個小時搞定。知道吧，洛博太？」

「ＯＫ。」洛博太果斷點頭。「那麼博士，請操縱。」

雖然話語充滿氣勢，但終究是機器人。只要博士沒下令，洛博太就連一步都動不了。博士拿起控制器，開始操作洛博太。

數分鐘後，博士與洛博太即使為積雪所苦，還是好不容易抵達深澤的別墅。博士在昏暗的玄關門口調整好呼吸，向身旁的洛博太下令。「我先大顯身手，你暫時躲在那邊的草叢後面吧。」

「咦～～要躲在這堆雪裡嗎？潤滑油會結冰啦～～」

「吵死了，少囉唆。」博士不容分說般操作控制器，硬是讓洛博太蹲在草叢後面。「聽好，不准隨便講話啊。」

博士再三叮嚀之後，將控制器收進包包，重新面向玄關大門，以戴著手套的手緩緩按下門鈴。門終於開啟，現身的是身穿整套褐色運動服的熟齡男性——深澤新吉。他一認出博士，滿是皺紋的臉上就露出意外的表情。

「哎呀，不得了，是秋葉原博士啊。沒想到會在這樣的晚上見到你！」

「是的，其實我也正在休假，昨晚就到對面的小木屋了。」

「喔，正在休假啊？」深澤輕聲說。「那麼，研發沒用機器人的那項計畫，你已經放棄了？」他酸言酸語地詢問。草叢後面立刻發出「你說誰是沒用的機器人？」這個不滿的聲音。博士關上門，露出尷尬的笑容。

「哈……哈哈哈，我……我怎麼會放棄呢？機器人是我的生命。這次休假充電之後，我會再回去研究的，哈哈哈。」

「這樣啊。不過，你當然不只是休假，而是來談那件事吧？」

「嗯，總之，您猜的沒錯。我想當面商量。」

「哼，好吧。進來吧，現在正在準備晚餐。」

好不容易獲得許可，突破第一關。博士鬆了口氣，進入深澤的豪華別墅，一房一廳的寬敞格局。

裡面是暖氣夠強的舒適空間。擦得亮晶晶的木質地板擺著L形沙發與矮桌。正前方的電視約六十吋大。廚房是現在流行的中島式。

如深澤所說，現在正在準備晚餐。以牛肉的瘦肉為首，馬鈴薯、紅蘿蔔、洋蔥、香菇等食材整齊排列。旁邊還有裝了麵粉的調理碗。「喔喔，今晚吃咖哩？還是燉湯？」

博士不經意詢問，深澤很乾脆地搖頭。「不，是大阪燒。」

語氣聽起來像是在說「有什麼問題嗎」，博士回應「咦，啊啊，原來是那個啊」搔了搔頭含糊帶過。可惡，這傢伙的大阪燒做法跟我家差太多了！

「既然有事情要談，就立刻說來聽聽吧。別看我這樣，我個性一絲不苟，每天幾乎都按照預定的行程在走。晚上六點到七點用餐，七點到八點洗澡，洗完澡喝兩杯到晚上十一點。所以不好意思，我就一邊準備晚餐，一邊聽你說吧。」深澤說完準備要前往廚房。「哎呀，博士？」

突然間，他的視線停留在某處。

「要不要脫掉那雙手套？客廳肯定沒那麼冷。」

「咦？啊啊，您說這個嗎？」博士戴手套的右手緩緩放下，就這麼滑進外套口袋。「不，這手套不能脫。因為……」

說到這裡的下一瞬間，他的右手從口袋抽出來，握著一把閃亮的刀。深澤臉上立刻充滿恐懼的神色。博士脫下科學家的面具，露出殘忍殺人魔的表情，說出令人聯想到東映時代高倉健的招牌台詞。

「深澤，不好意思，給我死吧！」

「等……等一下，博士……有話好好說……」

背靠中島式廚房的深澤要求博士冷靜，右手伸到背後，不知道在找什麼。要是拿到菜刀就糟了。擔心這一點的博士，二話不說作勢突擊，但他的視野在一瞬間冒出白煙。

「哇！」博士不禁閉上眼睛，以左手揮開面前的白霧。

霧的真面目似乎是麵粉。深澤從調理碗抓起一把麵粉，往博士臉上扔。雖然分量不多，卻是很有效的反擊。

博士頓時畏縮，站在原地不動。深澤抓準這個空檔搶刀。

在客廳中央附近，兩人一臉拚命地扭打成一團。博士被推到背部撞上牆壁，手上的刀子震到脫手落地。深澤不顧一切要去撿，想阻止的博士從後方勒住他的脖子。下一瞬間，博士耳際響起老人「嗚！」的呻吟。不知何時，博士以鎖喉的姿勢完全勒住深澤的脖子。這麼一來，已經不是依賴刀子的場合了。

「哼，死吧，深澤！」

博士低聲一喊，朝雙手使出九牛二虎之力——

打開玄關大門一看，頭上積雪的洛博太，一直蹲在草叢後面。現在給它一根火柴，它果然會從小小的火焰，幻想熱騰騰的美食與暖呼呼的暖爐吧。不，它終究是機器人，所以不會想要那種東西……

思考這種無聊事的博士，立刻操作控制器。

「洛博太，快動。站起來進去。」

「呼，只差一點就要凍死了。」

「怎麼可能？」博士輕聲這麼說，面前的洛博太撥掉頭上的雪起身。它步行移動到室內，像是真正的共犯般詢問。

「博士，確實殺掉那個人了嗎？該不會失手了吧？」

「嗯，我可沒失手。」博士關上玄關大門，注視著還殘留殺人觸感的雙手。「雖然費了點工夫，不過成功了。他已經在客廳躺成大字形了。」

兩人先前往客廳，確認深澤的屍體。張開雙手雙腳仰躺的屍體，位於客廳中央稍微靠廚房的位置，真的是形成一個工整的「大」字。洛博太看著這副模樣，發出略感意外的聲音。

「哎呀，不是用刀子刺死，是掐死的吧？」

「嗯，結果來說是掐死。但是這樣不用見血，所以比較好吧？」

博士一邊辯解，一邊把沒用到的刀子收進黑色包包，重新環視客廳。

客廳角落有扇拉門。為求謹慎打開一看，隔壁房間是寢室。深澤曾經讓博士參觀房間，所以博士早就知道格局。特大號的豪華雙人床占據寢室大半空間。深澤生前說過，這張特製的床大到搬不上二樓，所以不得已將寢室設置在一樓。

大致環視一遍，看來沒什麼問題。博士放心關上拉門。

這次他看向L形沙發。沙發上有一件脫下來扔著的紅色罩衫。這看起來可以利用。博士抱起罩衫，拿著包包與控制器。「好，這裡沒事要做了。洛博太，上二樓吧。」

「OK。啊，不過博士，請好好操縱喔。從樓梯滾下來大喊『痛死我也！』這種搞笑節目的橋段，請不要拿出來演。絕對喔，請絕對不要喔，絕對……」

「知道了知道了。」這段預告是怎樣？你才是最搞笑的吧？博士無奈低語。「真是的，你這機器人走到哪裡都沒有緊張感……」

不過，比起會緊張的機器人，洛博太更適合拿來犯罪。博士重整心情，引導洛博太經過走廊，走上二樓。洛博太巧妙利用膝蓋，一階階往上爬。博士好想對人挺胸炫耀。

——怎麼樣，看吧看吧，這麼完美的雙足步行機器人，哪裡找得到？

在喜悅注視的博士前方，洛博太順利抵達二樓。博士當然很滿意，但洛博太似乎有些不滿。「博士，看來您不懂搞笑的精髓耶。」它頻頻納悶。不過博士刻意裝作沒聽到它的低語。現在不是思考如何搞笑的時候。雖然差點忘記，但現在正在設局打造不在場證明。

兩人抵達二樓的房間。一開燈，大大的書櫃與高尚的木桌浮現在眼前。是深澤的書房。窗邊沒放東西，空蕩蕩的。厚厚的窗簾完全拉上。從縫隙看向窗外，可以俯視對面鄰居的平房別墅。是高橋家的別墅。博士確認之後，讓洛博太站在窗邊。

「好，先穿上這件。」

博士說完打開紅色罩衫，讓洛博太的雙臂穿過袖子。穿上寬鬆罩衫的洛博太看起來更像人類了。不過這樣還不夠。博士從黑色包包取出下一個物品。

是橡膠頭套。表面畫著老人的臉。「洛博太，戴上這個……不准抗拒……好了別抱怨，快套上……喂，我不是叫你套上嗎？」

博士硬是將橡膠頭套戴在抗拒的洛博太頭上。戴上這個精巧的頭套，洛博太眨眼之間獲得老人的臉孔。當然是深澤新吉的臉。是博士為了本次詭計親手製作的東西。最後將白色假髮戴在頭上，洛博太的外觀變得像是深澤新吉的複製人。博士非常滿意這個成品。

「很完美。你以這副模樣在窗邊走動，我在對面別墅的窗邊，和高橋夫妻一起看見你的身影。兩人應該會深信你是還活著的深澤。依照兩人的證詞，深澤遇害時刻肯定會晚很多。基於這個前提，我今晚會和高橋夫妻一起盡量待久一點，這麼一來，我就有完美的不在場證明。怎麼樣，洛博太，這是巧妙的詭計吧？」

「唔～～普普通通。」洛博太的評分意外嚴苛。「都使用了最新型機器人，我還以為會設計更創新一點的詭計，不過博士的詭計意外地古典，有點老掉牙。老實說，我好失望。」

「少……少囉唆，老東西有老東西的好。何況這次的詭計並不是用來寫有趣的小說，是讓我進行完美犯罪的詭計。」

博士直截了當說完，著手進行最後的步驟。他雙手拿著控制器，迅速對老人外型的機器人說明。

「雖然對你過意不去，但接下來我沒辦法操縱你。因為我非得去高橋夫妻的別墅。不過你放心，你接下來的行動，我已經預先在電腦寫好程式。行走速度、方向、距離，全都是自動控制。時間一到，你就會自動走到這個窗邊。」

「咦咦～～這麼一來，我不就像是自動人偶了嗎？」

「…………」機器人本來就是自動人偶吧？差點脫口而出的真心話，博士在最後關頭吞回肚子裡。「哎，別這麼氣。你當然不是什麼自動人偶。因為我和你已經是朋友了吧？拜託，幫我這個忙吧。洛博太，好不好？拜託了。」

博士像是膜拜般合掌。「知……知道了。」洛博太尷尬點頭，然後突然莫名激動地訴說。「不……不過，請別誤會喔。我可不是為了博士而幫這個忙。要是博士被逮捕，就沒有科學家幫我維修，我才會願意幫忙，只是這樣而已。我……我並沒有把博士當成重要的人……」

「嗯嗯，知道了知道了。」這傢伙出乎意外是個傲嬌。呵，可愛的傢伙！

不過，現在不是對機器人抱持特別情感的場合。博士低頭看向控制器的數位螢幕。「那麼，我設定自動控制的時間吧。現在已經是晚上六點半，我會在七點造訪高橋夫妻的別墅。到時候一邊用餐一邊聊天，等到我單手拿著酒杯邀他們走到窗邊，總之，大概是八點左右吧。好，開始時間是晚上八點，指令執行三十分鐘後停止。」

博士以設定鬧鐘的要領設定時間。按下控制器的紅色按鍵之後，時間設定完畢。洛博太立刻變成駝背，全身失去力氣，暫時進入休眠狀態。

博士確認洛博太不動之後，將窗簾拉開四分之三。剩下的四分之一是用來隱藏洛博太的布幕。窗簾後面，打扮成老人的洛博太，像是等待上台的資深舞台劇演員默默佇立。博士以祈禱般的語氣向自己的搭檔說話。

「洛博太，拜託了。要好好行動啊。」

然後博士獨自走出書房，離開深澤的別墅。

三、目擊者

「晚安～～我是秋葉原～～～」

手錶指針走到七點的同時，博士輕敲高橋家別墅的玄關大門。罪犯樣式的黑色系服裝全部換掉，如今他是淡藍色毛衣、褐色外套加上米色斜紋長褲的造型。

玄關大門立刻開啟，現身的是身穿灰色針織裝的六十多歲女性。她是高橋敏江。燙捲髮的她以溫柔的笑容迎接訪客。

「博士，歡迎光臨。來，請進請進。老公～～博士來了喔～～」

敏江知會之後，丈夫高橋欣造的龐大身軀從深處出現。幾乎要撐破綠色運動衫的啤酒肚。雖然完全是過胖體型，但他可是市內知名的醫生。他在這個時期會把自己的醫院交給兒子們，夫妻倆來到這間別墅度假，這是每年的例行公事。

欣造一看見博士就親切問候。

「嗨，歡迎歡迎。雪下得這麼大沒辦法出門，我們正在無聊呢。來，博士，裡面請……」

說來奇妙，大家明明不清楚秋葉原博士的真實身分，卻都很自然地叫他「博士」。無論是人類還是機器人都這麼叫。

——我已經甩不掉這個綽號了。

博士在心中自嘲般低語，進入高橋家的別墅。

寬敞的一房一廳設置柴火暖爐，溫暖又舒適。大大的餐桌上擺滿各種令人眼睛一亮的料理。總共剛好四人分，因為高橋夫妻還帶了一個人過來。雖然還沒見面，不過肯定是很會打麻將的人。高橋夫妻最愛打麻將。今晚之所以邀請博士來到這間別墅，與其說是以用餐為主，重點反倒是要打麻將到深夜。不過某方面來說，當然是企圖打造不在場證明的博士，巧妙以話語促成今晚的牌局。

「還有一個人，我去叫她。她直到剛才都一起幫忙做菜，肯定正在自己的房間換衣服。」

敏江一邊說，一邊進入客廳隔壁的房間。

「哎呀，這房子還是這麼美妙耶。」留在客廳的秋葉原博士，對欣造說出這種肉麻的感想，不經意走到窗邊。從稍微開啟的窗簾縫隙看出去，深澤的別墅就在眼前。二樓書房充滿亮到耀眼的燈光。洛博太現在肯定還在窗簾後面沉睡。

「這麼說來，剛才……」後方傳來欣造的聲音。「旁邊的別墅，剛才好像傳來咚一聲好大的聲音。記得是六點多的時候。」

「好……好大的聲音？」博士緊張了一下。說到六點多的聲音，肯定是他和深澤扭打時的聲音。「是嗎？這麼說來，剛才也有打雷喔。」

「不，我覺得不是雷聲……」

就在這個時候，窗外突然響起「咚！」的好大一聲。連忙看向窗外，似乎是庭院樹梢的積雪落地的聲音。博士靈機一動。

「啊啊，是雪喔。六點多的時候，肯定也是樹梢的雪掉下來。」

「原來如此，好像是。」欣造看來也接受了，晃著啤酒肚大笑。

博士暗自鬆一口氣，在窗邊轉過身來。同一時間，客廳隔壁的房間開門了。在敏江引導之下現身的，出乎意料是年輕美女。淡粉紅色的高領上衣，材質大概是真正的喀什米爾羊毛。洋溢清純感的純白裙子，是勉強過膝的長度。雖然完全沒有穿戴飾品，卻依然感覺全身散發光輝。這名女性究竟是什麼人？

博士愣得甚至忘記打招呼。敏江代為介紹博士給這名女性認識。

「這位是秋葉原博士。在市區擁有自己的研究所，是了不起的科學家。」

「我……我是秋葉原。您……您好。大……大……大家都叫我博士……」

博士以機器人般的僵硬動作低頭致意。愉快注視這一幕的美女，對眼前的博士說出悅耳的名字。

「初次見面，我是二宮朱美。大家都叫我朱美。請多指教。」

美女客氣低頭致意。「朱美小姐是很照顧我們夫妻的資產家女兒。她在市區有一棟自己的大樓……」敏江在旁邊如此說明，但博士被美麗的女性奪走目光，完全沒把這段說明聽進去。

經過一個多小時的時候——

四人餐會在和樂氣氛之中迎接尾聲。上桌的料理都是精心製作的佳肴。博士對美食讚不絕口，敏江看著開放式廚房回應。

「很高興您這麼滿意。其實我大約下午四點就開始準備，卻遲遲做不出滿意的成果，結果幾乎用到最後一秒。」

「承蒙您花費這麼多心力，真是不敢當。」

「不，別這麼說。朱美小姐和我一起做，所以我做得很快樂。」

「沒錯沒錯。」欣造也插話搭腔。「兩位女性愉快下廚的這段時間，我這個男的無處可去，只能乖乖坐在客廳角落讀書。」

「不，沒有啦……」朱美謙虛搖了搖頭。「我喜歡下廚，卻對廚藝沒自信。今晚的料理也大多是敏江伯母做的。」

「哎呀，不過這道甜點是朱美小姐自己做的喔。吃吃看吧。」

敏江如此推薦。「喔，我好期待。」博士掛著微笑，看向今晚的最後一道料理。「哇，這看起來真好吃。」

大概是奶凍或果凍吧。博士立刻舀了一匙送進嘴裡。

瞬間，博士嘴角忍不住發出「嗚！」的呻吟。這道甜點擁有非凡的破壞力，足以毀掉今晚的所有極品美食。朱美親口說過「對廚藝沒自信」這句話，看來這不是謙虛之類的美德，是毫不虛假的真相。不過洋溢男子漢氣魄的秋葉原博士，屏息將剩下的奶凍（或是果凍之類的甜點）全部吞下肚，毫不保留地讚賞。

「真……真好吃！」

「哎呀，好開心！」朱美純真地表達喜悅。

博士轉頭背對她，悄悄以杯裡的紅酒漱口。

就這樣，今晚的餐會平安順利，以相當圓滿的形式結束。

後來四人移動到柴火暖爐周圍談天說笑。博士單手拿著玻璃酒杯，不經意看向牆上時鐘。時鐘指針顯示八點五分。八點五分嗎……初遇她至今才經過一個小時啊。但是總覺得很久以前就認識這名女性了。

博士像這樣在內心低語，陶醉地看著朱美。忘記至今的某件事忽然在腦海甦醒。什麼事呢？好像有某個很重要的人在等他。

想到這裡的下一瞬間，博士不禁「啊！」地大叫。洛……洛……洛博太！

對對對，差點忘了。自己正在設局製造不在場證明。邂逅出乎預料的美女，接著又度過一段快樂的時光，使得博士不小心忘了。

「博士，怎麼了？」朱美詫異詢問。

「呃，不不不，沒事。」博士單手拿著酒杯從椅子起身，不經意走到窗邊，將窗簾拉開一半，看向窗外。眼前是深澤的別墅。仰望二樓窗庫，某個東西在明亮的燈光中行動。是洛博太。

以頭套、假髮與罩衫扮裝的樣子，看起來只像是活著的老人。洛博太在窗邊重現電腦程式寫的行動。博士看著它近乎獻身的努力，對於即使只有一瞬間依然忘記今晚計畫的自己感到丟臉。

——沒錯。我是冷酷無情，老謀深算的罪犯。目標只有完全犯罪！

終於取回自我的博士，懷抱著邪惡的意圖，邀朱美來到窗邊。

「嗨，朱美小姐，請看，外面還像這樣一直下雪。」

「真的耶。感覺整個別墅區完全是陸地孤島了。」

「哈哈哈，不會啦。」不，確實擔心陷入這種狀況，但現在無暇管這件事。博士指著對面建築物的二樓。「哎呀，窗邊有人影……」

「咦，哪裡？」朱美視線往上。

同時，洛博太躲到窗簾後面。博士不禁「嘖」地咂嘴。不過也在所難免。這也是程式設定的行動。偽裝成老人的洛博太，要是整整三十分鐘都在窗邊閒晃沒休息，反而會被認為突兀吧。這麼想的博士，將洛博太設定成偶爾會躲到窗簾後面。沒關係，等一下它又會出現。

博士喝一口手上的酒，讓自己冷靜。此時……

「啊，朱美小姐，妳看，就是那個人！」

洛博太再度出現在二樓窗邊。博士指著它。但朱美沒反應。「咦？」博士連忙轉頭張望，發現朱美不知何時看著另一個方向的窗外。

「哇～～博士，這邊的窗戶可以眺望市區夜景耶！」

朱美純真地招手。博士只能露出不悅表情。

如果是平常的狀況，博士會樂於跑到她身旁，一起欣賞夜景。不，老實說，他現在也想這麼做。但現在的他沒空欣賞夜景。

「那……那個，朱美小姐，欣賞夜景很不錯，不過欣賞旁邊的別墅也別有一番風味喔。」慢著，怎麼可能啊！肯定是夜景比較好吧！

博士品嘗空虛的心情吐槽自己。就在這個時候，庭園突然傳來樹梢積雪掉落的聲音。雖然是平凡無奇的聲音，朱美卻意外地產生反應。

「哎呀，那是什麼聲音？」朱美再度回到博士所在的窗邊。

這次正是絕佳的機會。「沒什麼，是樹上的積雪掉下來。」博士說完，隨手指向上方，朱美被引得往上看。博士滿心祈禱看向別墅二樓。洛博太的身影就在窗邊……並沒有！可惡，又在窗簾後面！

博士不禁陷入絕望的心情。然而在下一瞬間……「啊，又出來了！」洛博太緩緩從窗簾後方登場。這次朱美終於也注意到了。朱美注視著洛博太在二樓窗邊行走的身影，以感到意外般的語氣開口。

「哎呀，那位是傍晚五點左右來這裡的人吧？」

「嗯，沒錯。」敏江如此回答，同時也仰望對面窗邊。「那個人剛才來邀請說，方便的話希望可以一起吃晚餐。他的目標肯定是朱美小姐。」

肯定沒錯。博士也如此確信。深澤不會只基於好意邀別人共進晚餐。

「那麼，當時是怎麼回應的？」博士問。

「當然拒絕了。因為我們要在家裡招待博士。何況那個人做的料理應該不好吃。肯定是咖哩或燉湯。」

——錯了，是大阪燒！

博士在心中低語，並且竊笑。朱美與敏江兩人，確實看見在窗邊行走的洛博太了，而且認為洛博太是活著的老人。反應正如期待，博士感覺這下子穩了。此時欣造也加入對話。

「啊啊，那個人嗎？」欣造仰望對面的別墅，向朱美說明。「他叫做深澤新吉，是開發這個別墅區的實業家。雖然很有錢，不過老實說感覺不太好，也就是所謂的守財奴。」

「哎呀，老公，你這話說得太重了。他肯定是個孤獨的人喔。像現在，他看起來不也是一個人很寂寞嗎？」

「是的，是的，很像，很像。很像孤獨老人充滿哀愁在窗邊走動！」

博士按捺不住湧上心頭的喜悅，頻頻點頭。不過在這個時候，朱美在有點亢奮的他身旁，冷靜說出這句話。「與其說寂寞，他的動作是不是怪怪的？」

「怪……怪怪的？哪裡怪？」

「唔～～我說不上來，不過總覺得像是夢遊。或者是機器人……」

嗚哇！博士在內心慘叫，像是遮住朱美視線般擋在她面前。朱美一臉詫異，博士連忙問一個完全不相干的問題。

「話……話說回來，朱美小姐，妳……妳喜歡打麻將嗎？」

朱美隨即笑咪咪地點頭說「當然」。看來在這一瞬間，有錢老人的話題已經從她腦海消失。朱美朝高橋夫妻做個摸牌的動作，像是有所預謀般送了個眼神。「那麼，差不多該開始了嗎？」

後來時鐘指針不斷走動，回過神來已經是深夜。高橋家別墅的客廳裡，圍著牌桌的四人模樣成為對比。「好～～再打一圈吧！」二宮朱美與高橋夫妻一副不惜打到天亮的樣子。相較之下，秋葉原博士說著「不好意思，饒了我吧……」這種喪氣話低頭。這樣的構圖一看就知道誰是被宰的肥羊。

到最後，博士輸到差點脫褲子才從麻將地獄解脫，時間是凌晨三點。

在紛紛大雪之中，博士獨自衝出「高橋雀莊」。

「可……可惡，好強……朱美小姐超強的……」

博士像是夢囈般低語，無精打采踏出腳步。但是確實有股喜悅湧上心頭。

——總之，雖然輸了麻將，但我是實質上的贏家。因為從昨晚七點到今天凌晨三點，我擁有完美的不在場證明。

「不過，還沒結束。」博士繃緊神經說。扛下重責大任的洛博太，還在深澤別墅的二樓。「得去迎接今晚的MVP才行。」

博士再度來到深澤的別墅。他從玄關入侵，筆直前往二樓書房。休眠狀態的洛博太靜靜佇立在窗簾後面。博士拿起放在一旁的控制器，立刻按下啟動鍵。洛博太挺直背脊，認知到博士的存在，然後立刻詢問。

「嗨，博士，怎麼樣？確實打造出不在場證明了嗎？」

「嗯，萬無一失。多虧你的協助。」

博士一邊說，一邊從洛博太的頭取下假髮，拿下頭套，再脫下紅色罩衫，洛博太就回復為原本的雙足步行機器人。「好啦，在這種地方久待無益。」

博士只將罩衫留在書房，假髮與頭套塞進黑色包包，再度拿起控制器操作洛博太。走出寢室的洛博太慎重下樓，抵達玄關。只要打開門，博士的別墅「秋葉原研究所別館」就在眼前。四周是陰暗的雪夜。當然不可能有人經過。「好，洛博太，一口氣跑過去吧！」

「收到，我一定會跑好跑滿！」

「你從哪裡學到這句話的？」博士一邊喊一邊跑。

在深深的積雪中，博士與洛博太朝著相同的終點並肩奔跑。

兩人留下的腳印，眨眼就被下個不停的大雪埋沒。

就這樣，博士與洛博太順利回到「秋葉原研究所別館」。但博士並沒有立刻上床睡覺。他還有最後一項工作，就是隱藏洛博太。

要是深澤的屍體被發現，警方開始調查，調查員們也會來到這間「別館」。如果裡面有機器人，不難想像他們會怎麼起疑。絕對不能讓警方發現「共犯」的存在。那麼，要怎麼做？

如果是人類共犯，大概得殺掉埋在森林吧。不過幸好洛博太是機器人，是機器。既然這樣，也可以選擇分解。只要分解到不會被發現是機器人的程度，就可以瞞過警方。因為這裡好歹是「秋葉原研究所別館」。無論是屋內還是車上，都散亂堆放各種機器或工具。即使放置機器人的手臂或腿，也沒人感到突兀。

「這正是『困難要分割處理』，『藏樹葉最好的地方是森林』。呵呵。」

博士緊握巨大的扳手，露出邪惡笑容走向洛博太。

「咦咦～～博士，您好過分～～居然要分解我，太殘忍了啦～～」

「別這麼擔心。等到風頭過了，我會再把你組裝回來。」

「是真的吧？一言為定喔。請確實把我……組裝……復原……喔……」

就這樣，數小時後，博士完成最後的工作。他就這麼沒換衣服，疲累躺在床上。看向窗邊，原本下個不停的雪，不知何時已經止息。

燦爛的朝陽開始在東方天空升起。

四、推定死亡時間

博士因為外頭的騷動而清醒。他睜開眼睛，卻伸手不見五指。博士猛然回過神來，坐起上半身。打開床頭燈看向時鐘，指針顯示六點半。但應該不是上午，是下午六點半。

「糟……糟了！」秋葉原博士不禁在床上哀號。「我好像累過頭，睡掉半天左右。後……後來究竟變得怎麼樣？」

就像是回應這個問題，玄關外面突然傳來敲門聲。「博士，您在嗎？」

博士衝出被窩開門。站在玄關門外的，是身穿粉紅高領上衣加白色煙管褲的美女——二宮朱美。她一看見博士，就像是大喊般開口。

「不……不得了，博士，深澤先生在對面的別墅被……被殺了！」

「喔，這樣啊。」博士不禁鬆了口氣。辛苦準備的不在場鐵證，要是屍體發現得晚，可能會變得毫無意義。他是在昨天下午六點多殺害深澤。如果是經過整整一天發現，還在容許範圍吧。「……………」

「咦，博士，您不驚訝？」

「啊？」博士現在才發現自己還在恍惚。他連忙思考自己該採取什麼態度，慢了好幾拍才大叫。「妳……妳說什麼？深……深澤先生被……被殺了～～？」

大概是演得太假了一點。朱美臉上瞬間浮現疑惑神色。

「對面的別墅是吧，我們走吧！」

博士像是在掩飾自己的失策，迅速衝進夜晚的黑暗，踩著厚厚的積雪跑向深澤別墅。朱美也跟在他身後。打開玄關大門，毫不猶豫入內一看，寬敞的室內人數意外地多。

博士大致環視，裡面共五名男女。不過其中兩人是高橋欣造與敏江夫妻，所以只有三個新面孔。一對年輕男女與一名中年男性。

眾人一同俯視的視線前方，是仰躺的熟齡男性。貪心資產家——深澤新吉的末路。

張開四肢的身體，依然在漂亮的木質地板上擺出工整的「大」字。不過在這個時候，當然應該因為第一次看見屍體而驚慌吧。如此判斷的博士抽搐臉頰拚命大喊。「這……這……這是怎樣？到……到……到底發生了什麼事啊啊啊？」

如同回應博士的努力演技，高橋欣造一臉嚴肅地開口。

「博士，發生天大的事情了。深澤先生被掐到斷氣。這是他殺。醫生的我這麼說，所以肯定沒錯。」

「他他他……他殺！那麼警察呢？打一一〇報警了嗎？」

「剛才我打了。」高橋敏江舉起手。「可是沒辦法。」

「啊？您說『沒辦法』是指……」

「因為大雪的影響，盆藏山各處的交通中斷，所以警察明天之後才能到。這段時間沒辦法好好調查。」

「唔唔，居然會這樣～～凶惡的殺人凶手明明可能躲在附近，卻沒辦法仰賴警察？現狀真的是天大的危機啊～～」

繼續演這種彆腳戲真的有意義嗎？博士略感疑問。總覺得像是在挖坑給自己跳，是多心嗎？

不過，在這個時候，一個冷靜的女性聲音，對博士這番話提出異議。「不，博士，您認為凶手躲在附近，我不以為然。」

聲音來自二宮朱美。她說出符合邏輯的根據。

「昨天白天，盆藏山積雪很厚。在這個時間點，可以認定這整個別墅區被積雪封鎖，成為陸地孤島。某人從外部入侵這座陸地孤島，殺害深澤先生逃走，或者是殺人之後就這麼躲在附近？很難想像會是這種狀況吧？」

「嗯，我也贊成她的意見。」欣造舉手說。「實際上，我們也從昨天白天就失去行動自由，連一步都踏不出這個別墅區。若說有人從外部入侵，我覺得不可能。但若只是在別墅區裡移動，當然就不是很難吧……」

總歸來說，朱美與欣造在暗示凶手是待在這個別墅區的某人，也就是內部犯行。博士個人希望留下外人入侵犯案的可能性，不過回憶昨天的狀況，兩人的見解確實比較具備說服力。博士的態度三百六十度大轉變。

「啊，其實我的意見也和兩位一樣。不必考慮殺人犯專程從遠地跑這一趟。這是當然的。」

然後，博士重新看向首次見面的三人。

「話說回來，這幾位是？」

「三位都是待在這裡的人。」欣造回答。「我們夫妻、朱美小姐與博士，加上這三位。除了遇害的深澤先生，這七人就是待在這裡的所有人。啊啊，各位，這位是秋葉原博士，擔任研究所所長的科學家。」

「敝姓秋葉原，各位好。」博士簡單低頭致意，迅速觀察面前的三人。

第一人是綁馬尾的年輕女性。嬌小偏瘦的身體穿著紅色羽絨外套。臉蛋還算標致，但是女性魅力遠不及二宮朱美。

第二人是年輕男性。穿藍色羽絨外套。戴著黑框眼鏡的斯文外貌。大概是馬尾女性的男友吧。年輕的兩人依偎般站在一起。

第三人是穿著體面的中年男性。褐色外套加黑色長褲。斑白的頭髮透露些許昔日的辛勞。博士推測大概是中小企業的高階人士。

「我是安藤榮作。」中年男性主動自我介紹。接著馬尾女性也說「我是櫻井瑞穗」低頭致意，黑框眼鏡的男性接著說「我是市川健太」。

三人默契莫名地好。博士如此心想的瞬間，某種不安在內心擴散。

「難道說，三位是朋友？看起來挺熟的，是住在同一棟別墅嗎？」

安藤榮作隨即搖了搖頭。「不，沒有。我經營一家小小的貿易公司，一個人待在自己的別墅。這邊的市川健太先生與櫻井瑞穗小姐好像是大學朋友，一起待在市川家的別墅。市川先生，是這樣沒錯吧？」

「嗯，是的。我們看起來像朋友？那是因為我們昨天和安藤先生共三人一起享受烤肉，所以才熟起來的。」

「烤肉？但昨天雪下得很大啊？」

「是的。不過我家別墅有座遮雨棚很大的陽台。待在遮雨棚底下，無論下雨或下雪都可以享受烤肉的樂趣。昨天我們三人從下午四點左右就玩得很愉快。對吧，櫻井？」

「是沒錯，不過這種事現在一點都不重要吧？」櫻井瑞穗從常識角度發言。

然而，並不是一點都不重要。其實這裡才是重點。博士硬是繼續這個話題。

「順……順便問一下，你們烤肉到幾點？」

「咦，持續到晚上六點多，然後我們三人進屋，一起喝咖啡到七點半左右。後來安藤先生就回去自己的別墅……」

市川健太一臉「所以怎麼了？」的表情回答。博士以若無其事的表情說「啊啊，原來是這樣」，實際上則是暗自放下內心的大石頭。

博士內心的不安，就是在擔心他們三人是否都擁有昨晚八點以後的不在場證明。若是如此，即使博士提出多麼穩固的不在場證明，也會變成各自以自己的不在場證明對峙吧。這不是理想的演變。

不過，看來這也是多心了。

他們三人大概都沒有晚上八點以後的不在場證明。這樣就好辦事。

——那麼，就讓三人中的某人成為凶手吧。

秋葉原博士藏起這個狡猾的想法，向醫生高橋欣造提議。

「既然警察暫時不能來，我覺得最好先把我們能做的事情做完。所以我有個請求，可以調查一下深澤先生的屍體嗎？光是查出推測死亡時間，也有助於之後的搜查。」

「嗯，博士說得沒錯。我也認為這樣比較好。好，立刻開始吧。喂，敏江，妳也來幫忙。」

欣造現在完全是醫生的表情。他跪在乾淨的地板上，迅速著手觀察屍體。敏江似乎也有醫療經驗，面對屍體毫不畏懼，蹲在丈夫身旁。

好，這就對了。博士點了點頭。這麼一來，確實可以查出死者的推定死亡時間。只不過，這是以詭計扭曲造假的時間……

博士露出從容的笑，將驗屍的工作交給高橋夫妻，重新面向三名「嫌犯」。「話說，首先發現屍體的是誰？」

「是我。」舉手的是頭髮斑白的中年男性——安藤榮作。他說明發現屍體的經過。「其實剛才提到昨天烤肉，我們烤肉的時候也聊到深澤先生。聽他們說，深澤先生也剛好住在這裡。我想說既然這樣就該打聲招呼，所以今天白天來到這間別墅。但我按門鈴也沒人回應。當時我覺得雪這麼大卻不在家很奇怪，卻還是不得已回到自己的別墅。到了傍晚，也就是剛才，我再度造訪這裡。窗戶透出燈光，我想他肯定在家，但還是沒人應門。我內心一陣不安，覺得事有蹊蹺，從看得見燈光的窗戶往屋內看。從拉上的窗簾縫隙看進去，裡面是客廳，深澤先生倒在地上。我忍不住大叫，然後大概是聽到我的聲音，他們兩人立刻趕過來。」

安藤榮作說到這裡，指向年輕男女。

「嗯，是的。」戴黑框眼鏡的市川健太接著說明。「當時我和櫻井剛好在外面。考慮到明天早上，我們在別墅前面鏟雪，然後突然聽到男人大叫，我們詫異轉頭相視。」

「沒錯沒錯。」綁馬尾的櫻井瑞穗點頭。「然後，我和市川一起往聲音傳來的方向跑，然後看到安藤先生在深澤先生的別墅前面……」

啊～～好好好，是這麼回事啊——話還沒說完，博士就早早失去興趣。

總歸來說，三人一起進入別墅，確認深澤死在裡面。高橋夫妻與二宮朱美，應該是聽到他們的騷動聲趕來現場的。睡過頭的自己則是被朱美叫醒，最後才趕到。以上就是整個過程。

「原來如此，是這樣啊。」不太專心聽的博士沉重點頭。好啦，要怎麼讓這三個人背黑鍋？

博士如此思索時，「我可以說話嗎？」市川健太舉起手，隔著鏡片的斯文視線投向欣造。「這位是醫生吧？」他問。

「嗯，沒錯。在市內很有名的醫生。」

「這樣啊。不過就算是名醫，也不保證不會是凶手吧？其實這個人是殺人凶手，導出對自己有利的推定死亡時間……不用考慮這個可能性嗎？」

他提出的問題，使得博士不禁呻吟。從結論來說，不用考慮這個可能性。因為高橋欣造不是凶手。不過，要怎麼讓這個年輕人接受這一點？博士雙手抱胸的這時候，一旁的當事人欣造提議了。

「嗯，如果認為我會造假，那你也一起來驗屍吧。我特別傳授法醫學的基礎給你。首先是死後僵直。屍體在死後兩到三小時開始僵硬，在冬季，僵直現象大概半天就擴散到全身。這名死者也已經成為這個狀態對吧？換句話說，可以推測他死亡經過十二小時以上。」

「我看看……」市川健太說著蹲到死者旁邊，轉動屍體的手臂與肩膀關節。

「原來如此，如您所說，各個部位都僵硬了。那麼，現在已經是晚上快七點，所以遇害時間是早上七點前嗎？」

「沒錯。不過，範圍應該可以縮得更小。再來是屍斑。這是血液流到屍體低處產生的紫紅色淤斑。剛死亡不久的時候，手指按下屍斑，顏色會消失。不過死亡經過約二十小時之後，再怎麼按都不會起變化……看，就像這樣。」

欣造按著屍體頸部下方證明。「也就是說，可以推測這具屍體死亡經過二十小時以上。所以是幾點？」

「我想想，晚上七點的二十小時之前，那就是昨晚十一點。」

「對。死者遇害的時間，應該比這個時間更早。接下來是眼珠。如你所見，這具屍體是閉上眼睛死亡。在這個狀態，角膜大約十二小時會開始混濁，經過二十四小時左右，會達到難以辨識瞳孔的程度。」

欣造說著以指尖撐開死者眼睛，觀察眼珠，「嗯」了一聲點點頭。

「現在正是勉強可以辨認瞳孔的狀況。」

「原來如此，確實。」市川健太也同樣觀察屍體眼珠。「那麼，死者死亡至今剛好二十四小時。換句話說，是在昨天的這個時間遇害……」

「咳，咳咳！」真相被一語道破，博士連忙咳了幾聲，面不改色對欣造發表意見。「那個，這始終是抓個大概吧？屍體肯定有個人差異，我想應該不會剛好遇害滿二十四小時……」

「喔喔，那當然，博士。『推定死亡時間』正如字面所述，終究是推定，有數小時的誤差。所以我也說『二十四小時左右』。」

「說……說得也是。」博士拭去額頭的汗水。「哎呀，我嚇了一跳。因為，這個死者不可能已經死亡二十四小時……對吧？」

博士一副「你們懂吧？」如此詢問，朱美輕敲手心。

「啊，對喔。博士說得沒錯。因為昨晚八點左右，我們親眼看見深澤先生在窗邊。」

「嗯，這麼說來，確實是這樣。」欣造也附和。「我們夫妻和朱美小姐，還有博士都看見相同的光景。博士，您說對吧？」

「是的。昨晚八點的時候，深澤先生確實還活著。」

「這麼一來，結論是什麼？」市川健太擔心詢問。

安藤榮作以醫生的威嚴語氣回答。「深澤先生遇害的時間，是昨晚八點到十一點。真要說的話，推測是接近八點的時段。現階段能斷言的只有這一點。」

只要這一點就夠了！名醫做出的判斷，令博士露出滿意的笑容。然後他假裝在整理自己腦中的情報，說出其實是說給眾人聽的自言自語。

「……昨晚八點到十一點嗎？如果是這段時間，高橋夫妻正在自己的別墅和朱美小姐一起打牌。證人不是別人正是我，所以肯定沒錯。換句話說，他們的不在場證明成立。這麼一來……」

秋葉原博士重新看向剩下的三名「嫌犯」。接著，就像是受到引導，二宮朱美重新面向三人開口。

「不好意思，三位方便提供不在場證明嗎？」

五、機器人

二宮朱美的要求是理所當然，但是似乎惹得三人很不高興。其中立場最不利的安藤榮作，明顯露出不滿的表情。

「不……不在場證明？沒那種東西。我剛才也說過，昨晚直到七點半左右，我都和市川先生與櫻井小姐一起烤肉聊天，後來回到自己的別墅。晚上八點到十一點這段時間，我記得是獨自在別墅讀書，但這肯定不能當成不在場證明吧？」

中年男性一臉死心地說。接著，朱美的伶俐視線轉向兩名年輕人。

「那麼市川先生與櫻井小姐呢？」

「我一直和櫻井在一起。安藤先生晚上七點半回去之後，我們也一直在房間一起待到深夜。對吧，櫻井？」

「嗯，沒錯沒錯。不只是一起洗澡，還睡同一張床。」

櫻井瑞穗只顧著主張自己的清白，卻說出多餘的情報。看起來正經的市川健太立刻面紅耳赤。不過，如果這樣可以成立完美的不在場證明就好，可惜現實完全相反。朱美無可奈何般搖了搖頭。

「很遺憾，如果這番話是真的，就代表兩人交情親密。那麼，我沒辦法承認兩位提出的不在場證明值得信任。」

「所以您的意思是說，我和櫻井聯手犯下這次的凶殺案嗎？這太過分了，真的是含血噴人！」

「沒錯！」櫻井瑞穗力挺男友。「我們是兩個人在一起喔。要懷疑的話，應該先懷疑這個宣稱獨自讀書的大叔吧！」

「一點都沒錯。畢竟『先懷疑第一目擊者』是辦案的鐵則。」

看來年輕情侶將目標鎖定為安藤榮作。總之，他們這樣是聰明的判斷。老實說，以秋葉原博士的立場，比起享受充實青春的年輕大學生，孤獨的公司老闆令他覺得比較親近，不過這是兩回事。若問誰比較方便背黑鍋，果然是安藤榮作。

「安藤先生。」博士說著接近他。「你該不會向那個傳聞很貪心的深澤借過錢吧？因為這層關係，你和深澤關係不好，到最後親手掐死深澤。該不會是這麼一回事吧？安藤先生，您怎麼說？」

「不……不是，不是這樣。我……我確實向他借了錢。借了五千萬圓。」

——你也是嗎？那我們是難兄難弟耶！

博士終於知道自己為什麼覺得這個人很親近了。然而現在不是放他一馬的場合。博士刻意以冰冷的語氣開口。「所以才殺了他吧！」

「不，我沒殺他。我只是想和他打個商量，才會來到這間別墅，偶然發現他的屍體。不是我，人不是我殺的！」

「不過在這個狀況，沒有不在場證明的人只有你。」

「這……這是某種誤會。唔，喂，醫生！」安藤榮作終於向高橋欣造哭訴。「剛才的推定死亡時間，真的是真的嗎？應該有其他方法吧？精準查出死亡時間的方法！」

「沒有精準查出死亡時間的方法。不過，既然你這麼說，還有一個方法是測量直腸的溫度。只是我認為就算測量過，也不會大幅推翻剛才的判斷……」

「就這麼做吧。什麼方法都好，請再詳細調查一次吧。」

欣造露出為難的表情。「妳認為呢？」他徵詢朱美的意見。接著朱美也聳了聳肩，消極地贊成這麼做。「總之，如果這樣能讓他接受……」

「嗯，也對。那麼，試試看吧。不過，為了將溫度計插入直腸，必須移動屍體，把仰躺的屍體翻過來。博士，幫我這個忙。」

「好的。」

博士隨口答應之後，走向深澤的屍體，抬起僵直屍體的下半身。欣造抬著上半身。「那麼，搬到那邊的沙發吧。」

兩人配合呼吸，一口氣拉起屍體，就這麼慎重走向L形沙發，讓屍體翻身趴在沙發上。

「呼……」博士輕輕喘口氣，轉身往後看。就在這一瞬間！

映入眼簾的意外光景，令博士不禁睜大雙眼。背脊凍結，心跳加速，甚至說不出話。二宮朱美詫異注視博士這樣的表情，但她視線移到地板時，她嘴裡也發出「哎呀？」的驚訝聲。「總覺得，好像只有那裡髒了一塊……」

朱美說著指向某處。屍體剛剛所躺的木質地板。眾人的視線立刻集中到該處。最後，眾人隨著這個新發現，大聲提出質疑。

「那是什麼？」「地板上好像有東西。」「嗯，確實看得見。」「白白的東西。」「看起來也像是字。」「沒錯，看起來是字。」「是『大』。」「嗯，『大』。」「是

『大』字。」

確實是「大」這個字。深澤屍體躺成大字形的地板。因為屍體移動，壓在下面至今的地板見光。該處不知為何成為白白的「大」字，清楚浮現在褐色地板。

「……這是什麼？」

朱美輕聲說著走向神祕文字，以細長的手指輕輕撫摸地板表面，目不轉睛注視指尖。然後她將視線投向中島式廚房。上面擺著食材以及裝白色粉末的透明調理碗。朱美看完大幅點頭。

「是麵粉。」

地板浮現的白色文字，確實是麵粉。最清楚這一點的不是別人，正是博士。深澤死前情急之下扔出一把麵粉，薄薄灑落在一大片地板，成為「大」這個字。

——可是，搞不懂。灑在地板的麵粉，為什麼變成這個形狀？

就在這麼思考的時候，牆上的時鐘顯示七點整。鐘面的小窗突然開啟，報時的鴿子無視於場中氣氛，「咕咕～咕咕～咕咕～」確實發出七次脫線的叫聲。以為發生什麼事而緊張的博士，說著「什麼嘛，原來是咕咕鐘」鬆了口氣。

然而在他鬆懈的下一瞬間，另一個聲音不知道從何處響遍室內。

「嗶波，叭波！」

這正是博士所說「蠢到不行的電子音效」。

博士再度嚇得挺直背脊，連忙環視尋找聲音來源。此時在他的角邊，在L形沙發下面，不知為何傳來「呼～～」像是貓咪不悅低鳴的聲音。但這不是小動物的聲音。規律響起的這個聲音，無疑是馬達聲。

——所以說，啊，難道是……！

博士終於想到這是什麼聲音。那個東西緩緩從他腳邊現身。響起馬達聲從沙發底下登場的，是黑色的碟形物體。看到這個招牌外型的瞬間，三名「嫌犯」異口同聲說出它的名字。

「〇巴！」

「倫〇！」

「〇巴！」

不對，應該不用隱瞞產品名稱了。是iRobot公司生產，在各國大賣的打掃機器人「倫巴」。看來充電裝置在沙發底下。響起電子合成聲從該處出發的倫巴，接下來要自動打掃這個房間。

「喔……」二宮朱美按著下巴，深感興趣地注視這幅光景。不過，最後她似乎靈光乍現，說著「啊，原來如此」彈響美麗的手指，主動走向倫巴，按下碟形機器中央的按鍵。打掃機器人立刻靜止。然後她按下按鍵的指尖，就這麼筆直移向博士。

「秋葉原博士，殺害深澤新吉的凶手，該不會是你吧？」

六、不在場證明

被說中真相的秋葉原博士愣住了。二宮朱美當著他的面開始說明。

「我不是偵探之類的專家，沒辦法進行艱深的推理。所以，我只是基於淺顯易懂的事實，聊一下不在場證明。各位聽好了，首先，這台倫巴剛才隨著晚上七點的報時開始運作。看來應該是定時裝置設定在七點，到了這個時間就會自動打掃。這樣沒錯吧？」

「嗯，看來是這樣沒錯。」高橋欣造點了點頭。「打掃時間選在晚上七點有點怪，不過，每個人方便的時間不一樣。」

聽到欣造這番話，博士想起一件事。這麼說來，深澤死前不是說過嗎？晚上七點是洗澡時間。深澤大概是要讓倫巴在自己洗澡的時候工作，所以將定時裝置設定在七點。這間別墅的寢室在客廳旁邊，與其讓倫巴在就寢的時候運作，在洗澡的時候運作應該比較好。

——只是，沒想到！沒想到這個房間也有機器人！

博士懊悔到握拳顫抖。二宮朱美無視於他，繼續說明。

「接下來的問題，在於麵粉在地上形成白色的『大』字。麵粉大概是死者和凶手起衝突的時候灑在地上的。或許是深澤扔向凶手要阻礙視線。無論如何，麵粉灑在地上的時間，比深澤倒地的時間早。這是毋庸置疑的事實吧？」

「確實是這樣的順序沒錯。」這次是高橋敏江附和。

「那麼，為什麼只有屍體壓住的部分殘留麵粉？這應該不用深思吧。是的，是倫巴幹的好事。倫巴是以感應器偵測障礙物，避開障礙物打掃的機器人。這台倫巴在昨晚七點開始運作，將屍體周圍的地板打掃得亮晶晶，灑在地上的麵粉全部清理乾淨。結果只有屍體所躺的部分殘留麵粉，成為白色的『大』字。就是這麼回事。」

「原……原來如此。」市川健太發出感嘆聲。「躺成大字形的屍體，連腋下與大腿中間，每個角落都打掃得乾乾淨淨，不愧是最新的掃地機器人！」

「應該說，如果不是機器人，就不會打掃那種地方吧！」

二宮朱美對兩個年輕人的發言露出苦笑，回頭再度說明。

「那麼，根據以上的情報，我們可以知道什麼呢？就是深澤先生倒地的時間在昨晚七點以前。總之，晚上七點開始運作的倫巴，不一定會先打掃屍體周圍，所以多少會有誤差，即使如此，也是在晚上七點左右行凶結束。可以認定凶手當時也已經逃走。」

二宮朱美這番話引得眾人大多點頭。

「另一方面，深澤先生在昨天傍晚五點多，造訪過高橋夫妻的別墅，和敏江小姐交談，還邀請共進晚餐。我也親眼看見當時的光景。換句話說，昨天傍晚五點的時候，深澤先生確實活著。綜合以上的情報，死者的推定死亡時間是昨天下午五點到七點。」

「下……下午五點到七點！」安藤榮作開心到聲音顫抖。「那麼，先前推測的八點到十一點就不成立了！」

「就是這麼回事。那麼昨天下午五點到七點這兩小時，各位在哪裡做什麼？市川健太先生、櫻井瑞穗小姐與安藤榮作先生三人，從下午四點開始享受烤肉，後來回到室內喝咖啡到七點半。換句話說，重點的這兩小時，三人一直在一起，是這樣沒錯吧？」

朱美問完，三名當事人同時點頭。

「另一方面，昨天下午的五點到七點，我和敏江小姐在高橋家廚房為訪客做晚餐。因為是開放式廚房，所以當然看得見客廳的欣造先生。我和高橋夫妻的不在場證明，我認為是可以被接受的。」

除了某人，所有人都像是毫無異議般點頭。二宮朱美面向唯一沒點頭的人，重新只詢問他一人。

「那麼，最後剩下秋葉原博士。昨天下午五點到七點，您在哪裡做什麼？」

聽到這個問題，博士腦袋瞬間空白。他用心備妥昨晚八點後的不在場證明，但是關於之前的時段，他甚至沒想過簡單的藉口。博士內心還來不及準備，二宮朱美就像是落井下石般再度詢問。

「博士，如何呢？昨天下午的五點到七點。博士在這段時間見過誰，或是和誰在一起嗎？」

「問……問我和誰在一起，這……這個嘛……」

博士陷入極度恐慌。此時，那個別具特色的卡卡說話聲突然在他腦海甦醒。博士不禁說出這個名字。

「嗯，在一起。是洛博太。我和洛博太在一起！」

這句話立刻令眾人愣住。周圍洋溢脫線的寂靜，最後轉變為騷動聲。「洛博太？」「他說洛博太？」「洛博太是誰？」「他說的洛博太，難道是……」「難道是……機器人？」「不會吧？」「不，有可能。」「因為博士是科學家……」

在這樣的狀況中，二宮朱美露出終於想通的表情，詢問博士。

「昨天晚上八點左右，我們看見的那個老人身影，就是洛博太吧？」

「唔……」得知自己失策，博士用力咬著嘴脣。

就這樣，秋葉原博士計畫的完全犯罪，完全以失敗收場。

七、洛博太

隔天中午，盆藏山的別墅區。

「秋葉原研究所別館」的某個房間裡，博士單手拿著扳手奮鬥。用來製造不在場證明，並且為了湮滅證據而分解的機器人，他正在重新組裝。

深感興趣看他組裝過程的人，是烏賊川警局的資深搜查官——砂川警部。他率領的警員們，在這天早上和除雪車一起抵達現場。

警部看著在面前逐漸成形的人形機器人，重新向博士確認。

「……所以是怎樣？關於這次的案件，你主張不是單獨犯案，有其他人唆使你殺人是吧？」

「嗯，是的。殺害深澤的確實是我，這我承認。不過，唆使我殺人的是洛博太。他灌輸邪惡的想法給我，引導我殺人。其實我也不想成為殺人凶手……」

「慢著，可是，這個洛博太總歸來說是機器人吧？」

砂川警部露出為難表情。

不過，秋葉原博士堅持己見。

「不是普通的機器人。洛博太是擁有邪惡意志的特殊機器人。我現在就讓您看證據……好，這樣就完成了！」

博士鎖緊最後一個螺帽，將扳手扔到地上，改為拿起洛博太的控制器。博士按下正中央的紅色啟動鍵，對自己的機器人下令。

「好啦，醒來吧，洛博太。然後一五一十招出真相！」

原本駝背的洛博太，背脊迅速充滿力量。「喔喔！」砂川警部出聲感嘆。人形機器人在他面前英勇收起下顎，成為直立不動的姿勢。臉部的兩個鏡頭像是眼珠往前凸，確實捕捉到博士與警部的身影。清醒的洛博太向兩人打招呼。

「嗶波，叭波！嗶嗶噗呸波叭波，叭嗶噗呸波叭波……」

它發出的是輕快又脫線的電子音效。瞬間，整個室內洋溢詭異的氣氛。

「咳咳。」砂川警部清了清喉嚨。「喔，這具機器人教唆你殺人嗎……這樣啊，它究竟是用哪國的語言……？」

砂川警部以嘲諷般的語氣詢問。

看來他認定博士完全是瘋狂科學家。他的眼神帶著像是輕蔑或憐憫的微妙神色。

博士屈辱到肩膀顫抖。

最後，他忍不住放聲大喊。

「可……可……可惡～～！你這個機器人背叛我～～～！」

秋葉原博士隨著無處宣洩的憤怒，一腳踹倒面前的機器人。
然而，倒地的洛博太只發出像是有點生氣的電子音效。
「嗶嗶噗呸波叭波！叭嗶噗呸波叭波！」

某間密室的起始與終結

一

老嫗的指尖碰觸門鈴按鍵。古老的玄關掛著「塚田政彥、廣美」這塊門牌。門後傳來「叮咚～～」的脫線聲。但是只有這個反應。沒人應聲，門也沒打開。玄關前方只吹過一陣帶著溼氣的夏季晚風。

「哎呀，不在家嗎？」

白髮老嫗塚田京子又按了三次門鈴，然後微微歪過腦袋。

深褐色上衣、深藍色長褲與米色開襟線衫搭配得體，比實際年齡年輕許多。背脊筆直得像是插了把尺。雖然眼角的明顯細紋透露歲月的痕跡，但臉蛋看起來令人覺得她年輕的時候肯定很漂亮。

塚田京子女士看向身旁穿西裝的三十多歲男性。「奇怪，平常在這個時間，我兒子肯定已經回家……」她像是辯解般說。

「實際上，政彥先生是不是已經回來了？」穿西裝的男性鵜飼杜夫說完，指向面對庭院的窗戶。「因為您看，窗戶不是有燈光嗎？」

他說得沒錯，隔著窗戶玻璃看得見溫暖的燈光。鵜飼繼續說下去。

「記得他的妻子廣美小姐，回娘家探視生病的家人吧？那麼只能認定是丈夫政彥先生在裡面……啊啊，對了，流平。」

鵜飼說著看向一旁待命的年輕男性戶村流平，單方面下令。

「可以一邊注意別被當成小偷，一邊看一下那扇窗戶嗎？不過，這個任務對你來說可能很難吧……」

鵜飼說完，以憐憫眼神看著流平的服裝。黑底印著紅色牡丹花的夏威夷衫，以及像是穿到破爛的牛仔褲。流平誇張地搔了搔腦袋。

「咦～～不能被當成小偷嗎？我做得到嗎……嘿嘿！」

他半開玩笑說完，立刻躡手躡腳接近窗戶，將臉湊向透明玻璃往裡面看。雖然拉上窗簾，但中間有些許縫隙。只要閉上單眼注視，就可以清楚看見室內。

「嗯～～看來是客廳……」

大沙發與矮桌。靠牆的大尺寸電視。窗邊擺著盆栽。房間角落的風扇，無意義地攪拌著無人客廳的空氣。

「看來沒人。唔～～這樣真的很奇怪……」

流平注視屋內輕聲說。就在這個時候，某個褐色的大型物體纏住他的腳。這個物體突然發出「嗚～～汪！」好大一聲。下一瞬間，腳踝受到觸電般的刺激。

「啊！」流平驚叫之後，戰戰兢兢看向自己腳邊。在他的視線前方，不知道從哪裡冒出來的一隻柴犬咬著他的腳踝不放。

「……………」沉默片刻之後，流平放聲哀號。「呀啊啊啊啊啊！」

「喂，扇貝，不可以這樣！」京子女士連忙勸誡柴犬別亂來。看來這隻柴犬叫做扇貝。流平第一次看見這麼凶暴的扇貝。

鵜飼雙手抱胸，緩緩搖頭。

「不行耶，流平。你完全被當成小偷了。」

這裡是據說確實存在於關東某縣某處的「犯罪頻傳都市」烏賊川市，和冷清繁華區相隔一段距離的地點。古老商店與全新住宅混合的雜亂街景。靜靜座落於一角的這裡，是塚田政彥與廣美夫妻的住家。

偵探事務所所長鵜飼杜夫、見習偵探戶村流平。兩人在本次委託人塚田京子的帶領之下造訪這裡。這天是八月某日，時間是晚上八點多。

塚田家是占地不大的獨棟平房。小小的外門與照顧得宜的圍籬。只有巴掌大的庭園裡，一隻熱壞的貓「喵～～」了一聲，但流平沒發現居然還有狗，因此腳差點被啃掉，但還是勉強全身而退，像是逃跑般離開窗邊。

「啊啊，好危險。」流平鬆了口氣，重新面向玄關大門。他握緊門把試著用力拉，門卻動也不動。看來是從屋內上了鎖。

「不行耶。鵜飼先生，怎麼辦？改天再來嗎？」

流平說著轉過身來，看見鵜飼環抱扇貝的脖子。

「好～～好好好，好乖好乖。好～～好～～來來來，好～～好好好，來，握手，哎呀，乖孩子，乖孩子，好～～好好……」

鵜飼正在玩「可愛動物王國」的遊戲。這個偵探看見喜歡的狗，肯定會這樣玩。「咦？流平，你剛才說什麼？」

「我說，要不要改天再來？」別摸狗了，好好聽我說話啦！

鵜飼隨即一副打從心底傻眼的樣子，攤開雙手回應。「喂喂喂，流平，你是二十世紀的偵探助手嗎？現代的私家偵探，不是擁有手機這個最先進的通訊手段嗎？」

偵探剛說完，就從西裝口袋取出他所說的折疊式手機，在面前開啟。流平不禁噘嘴。「這哪裡是最先進的通訊手段？都快落伍了。鵜飼先生，你沒有智慧型手機嗎？」

「咦，智慧型手機？」偵探像是第一次聽到這個詞般複誦。「那是什麼？」

「呃，就是有觸控面板的那種手機啊。咦，你該不會不知道吧……」

「啊啊，你說那個啊。」鵜飼似乎終於理解，點了點頭。「那個不適合通話吧？所以我不太愛用。」

「這樣啊……」

「到頭來，就我來說，以前的手機反而比現在的智慧型手機聰明。你不這麼認為嗎？」鵜飼放話之後，拿起不是智慧型手機的落伍手機。「夫人，您知道這個家的電話嗎？」

「嗯，政彥的手機號碼在這裡。」京子女士從口袋取出錢包，唸出夾在錢包裡的紙條數字。「090—××—○○○○。」

「嗯嗯，090……」

依照委託人給的號碼打電話，等待數十秒。最後鵜飼失望嘆氣，「啪」一聲合起手掌中的手機。「不行。果然沒接。」

流平一臉嚴肅看向偵探。「鵜飼先生，我有不好的預感。」

「嗯，我知道你在擔心什麼。」鵜飼點了點頭，以慎重的語氣說下去。「現狀確實令人在意，但要斷定不對勁就太心急了。塚田政彥先生或許只是去了一趟便利商店，或是正在寢室床上小睡。」

「既然這樣，客廳的電風扇會關掉吧。到頭來，有人會在晚上八點睡覺？」

「無論是晚上八點或早上十點，我想睡的時候就會睡。」偵探透露自己不太正常的作息。「不過，你說得沒錯，這時間睡覺的可能性不高。對了，夫人，這間屋子有後門嗎？」

「不，沒後門……難道說，現在是什麼不太妙的狀況嗎？政彥該不會在家裡出事吧？」
察覺到偵探們的不安，京子女士表情一沉。鵜飼裝出笑容回應。
「沒什麼，不用擔心。不過以防萬一，方便我們調查其他窗戶嗎？如果有沒有上鎖的窗戶更好。」
「嗯，我不在意。不過能讓人鑽進去的窗戶不多就是了。」
京子女士說完，主動繞過屋子一角。鵜飼與流平也隨後跟上。這裡有一扇和客廳相同的窗戶。從沒有燈光的窗戶看向室內，似乎是和室。試著拉一拉窗戶，果然動也不動。流平發出失望的聲音。
「不行，這裡同樣從裡面上了鎖。」
「嗯，寢室窗戶好像也進不去。」檢視不遠處另一扇窗戶的鵜飼垂頭喪氣，然後指向暗處詢問。「夫人，往前還有窗戶嗎？」
「那邊只有廚房、廁所以及浴室窗戶。都很小又加裝鐵窗，鑽不進去。」
「這樣啊……」鵜飼露出失望表情。但他立刻抬起頭。「總之，還是去看看吧。」他說完帶著流平，再度繞過屋子一角。
這邊確實有京子女士形容的窗戶。加裝鐵窗的小玻璃窗。
流平立刻抓住窗子，試著用力拉，意外輕鬆地將窗子往側邊拉開。看來沒上鎖。往裡面看，室內似乎是廚房與飯廳。雖然沒開燈，但多虧一旁的客廳透出燈光，所以勉強看得見室內的樣子。

最顯眼的是一張大大的餐桌。靠近窗戶這一側是不鏽鋼流理台與瓦斯爐。沒收好的砧板上面有一把沾血的菜刀。不對，不是菜刀。那是沾血的尖刀……咦，尖刀？

「鵜……鵜……鵜……鵜飼先生！」

流平顫抖說完離開窗邊，輪到鵜飼觀察室內。他的側臉立刻變得嚴肅，以低沉的聲音開口。「唔唔，這是……」

流平嘴脣不安顫抖。「鵜……鵜飼先生，該……該不會……」

「嗯。我們擔心的事情，或許真的發生了。」

偵探與助手面有難色相視。委託人看著這樣的兩人，睜大眼睛詢問。「偵探先生，您在窗戶另一頭究竟看見什麼？我兒子……政彥該不會出事了吧？」

二

到頭來，事情的開端要回到十天前。烏賊川市車站後方的綜合大樓「黎明大廈」。位於四樓的推理殿堂「鵜飼杜夫偵探事務所」出現一名老嫗。自稱塚田京子的這名老嫗，向迎接的鵜飼杜夫與戶村流平深深鞠躬，然後一臉嚴肅地說明。

「其實，我來到這間偵探事務所，是想要委託一件事。」

如此說明的京子女士高齡七十歲。丈夫已經過世，現在獨居，以繼承的遺產在市區公寓過著怡然自得的生活。這樣的她想委託偵探的工作，是關於獨生子塚田政彥與媳婦廣美的事情。

依照女士的說法，塚田政彥現年四十歲，是在市公所服務的公務員，生活樸素又踏實。晚上不會到處跑，菸酒賭博完全不沾，興趣是看棒球比賽、經典電影與正統推理作品，是非常正經的一個人。

另一方面，妻子廣美現年三十五歲，同樣是典型的平凡主婦。不只是規矩做好家事，還在附近超市兼職當收銀員補貼家計，是一個好太太。

夫妻膝下無子，但基本上是圓滿的家庭。京子女士直到最近都深信不疑。只不過……「其實，我看見了……」

京子女士突然一臉恐懼地壓低音量，加上季節使然，流平還以為她看見鬼。坐在旁邊的鵜飼像是催促委託人說下去，以冷靜的語氣詢問。

「夫人，您究竟看見什麼？」

「我看見廣美和我兒子以外的男性在一起。而且不只是在一起，是在非假日的白天一起待在時尚的咖啡廳。廣美身上是平常很少穿的粉紅連身裙，化妝也比平常用心，頭髮像是剛去過髮廊一樣整理得漂漂亮亮，所以我甚至一瞬間沒發覺她是廣美。」

「那一位真的是廣美小姐嗎？有沒有可能是長得很像的別人？」

「不，不可能。雖然和平常的印象不一樣，但我不可能誤認自己的媳婦。那個人就是廣美。她在不用上班的日子，在我兒子努力在市公所工作的這個時間和男人見面。這樣很過分吧？」

「嗯～～原來如此。不過，只是一起在咖啡廳喝茶，您不必這麼不高興吧？或許只是出門的時候湊巧遇見老朋友。打扮得比平常漂亮，也可能是湊巧……」

「在時尚咖啡廳喝茶也是湊巧嗎？如果是和朋友聊往事，隨便找間便宜飲料店不就好了？」

「哎，是沒錯啦。」鵜飼說著露出苦笑。

不過，就算這麼說，也沒道理不能和異性朋友光顧時尚咖啡廳吧。以流平自己的感覺，京子女士的懷疑有點過於擅自下定論。

但是鵜飼面不改色。「所以，夫人您當時怎麼做？」

「我趕快離開了。慎重從座位起身，沒被廣美發現，就這麼走到店外，才終於鬆了口氣。」

「那麼，您沒有仔細觀察對方男性？」

「嗯，其實沒看清楚。」京子女士懊悔咬脣。「事到如今，我很後悔沒看他長什麼樣子就走。對方男性究竟是哪裡的誰？不過，我沒有調查的方法。」

「沒問過廣美小姐本人嗎？」

「怎麼可能。我做不出這種事。就算我問了，我也不認為他會乖乖承認『我的外遇對象是哪裡的誰』。」

「原來如此。那麼總歸來說，您想委託我的工作，就是查出廣美小姐的外遇對象吧？不過查出來又能怎樣？證明您媳婦外遇之後，究竟誰有好處？令郎也不一定希望這麼做喔。說不定反倒會氣得飆罵『老媽，別雞婆！』這樣。」

「唔，你說誰雞婆？」

偵探講得太直接，京子女士火冒三丈。「到頭來，政彥不會叫我『老媽』，會好好叫我『媽媽』。而且他也不會生氣飆罵。那孩子肯定會感謝我這個媽媽的心意，因為我是為他這麼做的。對於這件事，那孩子想必也會率直理解吧。」

真的是這樣嗎？流平率直懷疑。成家獨立的男性，會像這樣率直感謝母親不必要的關懷？流平有點難以置信。雖然這麼說，但京子女士生活好像挺富裕的，不需要眼睜睜放掉她的委託。不提這個，偵探事務所的財政本來就火燒眉毛，不是能夠自選工作的狀況。

流平和鵜飼簡短以眼神溝通。彼此以眼神示意之後，鵜飼重新面向委託人。

「知道了。我們接受這份委託。」

「謝謝。啊啊，不枉費我來這裡一趟。」

委託人露出鬆一口氣的笑容，偵探立刻向她要求一個重要物品。

「話說夫人，為了調查，若您可以借我照片之類的東西就好了……」

「啊啊，說得也是。嗯，我當然事先準備帶來了。」

京子女士翻開手提包，找出一張照片放在偵探們面前。鵜飼與流平從兩側檢視。京子女士朝著照片裡的人物投以洋溢愛情的視線，得意洋洋地說明。「怎麼樣，看起來很聰明吧？他是我引以為傲的兒子。」

確實如京子女士所說，照片裡是一名看起來很聰明的男性。穿西裝打領帶，方正的臉孔，圓圓的鼻子，細長的雙眼犀利斯文，眼角有顆顯眼的痣，頭髮漆黑茂密。絕對不是現在流行的英俊長相，卻可以輕易想像他坐在公所辦公桌前面的樣子。只不過……

「不，那個，夫人……」鵜飼有點為難般開口。「不是政彥先生的照片，方便提供廣美小姐的照片嗎？因為我們應該會跟蹤她。」

「咦，廣美的？啊啊，說得也是。對不起。」

寵兒子的委託人難為情低下頭，重新翻找包包。

三

「看得見廚房有一把沾血的尖刀。或許出事了。」

鵜飼杜夫只告知這一點，就再度回到塚田家的玄關外。戶村流平與塚田京子女士也跟在偵探身後。鵜飼站在有燈光的窗戶前面，詢問京子女士。

「您沒有玄關大門的鑰匙吧？那麼，方便我破壞這扇窗戶嗎？因為事態可能分秒必爭。」

「嗯，交給您處理了。」京子女士頻頻點頭。

鵜飼環視小庭院，注意到一個鐵皮小倉庫，裡面豎著一把大鏟子。鵜飼拿起鏟子，再度賦予見習偵探一項困難的任務。

「流平，可以一邊注意別被誤認是凶猛的強盜，一邊敲破這扇窗戶嗎？麻煩盡量安靜並且迅速完成。」

「咦咦，怎麼這樣，這要我怎麼做……啊啊，好的好的，我知道了……嗯，我做，我會做啦……所以請不要用那麼恐怖的表情瞪我……」

見習偵探絕對要服從師父的命令，不能違抗。流平從鵜飼手中接過鏟子，不情不願重新面向窗戶。但他沒學過如何安靜迅速地敲破玻璃。「這樣嗎……？」

流平稍微克制力道，將鐽子前端朝玻璃一敲，玻璃發出「喀鏘！」的刺耳聲音破碎落地。鵜飼立刻豎起手指放在嘴邊。「噓～～安靜點啦！」

「就算您這麼說，這也太強人所難了……」流平輕聲這麼說，又揮動鐽子兩三次。這副模樣怎麼看都是企圖非法入侵民宅的凶猛強盜，但是在意這種事也沒用。流平將右手插入玻璃上的大洞，轉開月牙鎖。旁邊的鵜飼已經把鞋子脫到一半準備入內。

「哎，好吧。我們趕快進去。我擔心政彥先生的狀況。」

鵜飼剛說完，就將開鎖的窗戶打開。「那麼，打擾了！」

鵜飼在宣言的同時踏入屋內一步。他的右腳隨即踩到地板散落的玻璃碎片。

「嗚呀啊啊啊啊～～！」他放聲哀號。

流平豎起手指放在嘴邊。「噓～～安靜點啦！」

「…………」鵜飼按住右腳，以左腳單腳跳。「……你……你先進去。小心玻璃啊……」

不得已，流平避開玻璃碎片，進入塚田家。京子女士隨後跟上。傷到腳的鵜飼在最後踏入室內。此時不知為何，連柴犬扇貝也從打開的窗戶衝進室內。京子女士立刻大喊訓誡柴犬。

「哎呀，扇貝，不可以這樣！」

但是扇貝不理會，迅速穿越客廳，鑽過半開的拉門轉眼就無影無蹤。流平不禁愣住。旁邊的鵜飼慎重關上窗戶，再度從屋內上鎖。然後他朝著窗戶做了某件事，輕聲說「好，這樣就行了。那麼，走吧」轉過身來。

三人穿越客廳，前往深處半開的拉門。看來這扇拉門後面就是問題所在的廚房兼飯廳。塚田家是比較早期的設計，客廳與餐廚空間是隔開的。

流平將拉門完全開啟之後入內。沒開燈的飯廳沒有他人的氣息。此時，京子女士按下牆上開關，天花板的日光燈點亮，整個房間被耀眼的燈光照亮。下一瞬間……

「嗚哇啊啊啊啊！」

流平忍不住為面前的光景尖叫，當場跳了數公分高。

從窗外觀察的時候沒發現，但飯廳部分地板染紅。流平不禁僵住。鵜飼無視於他的反應，蹲在染紅的地板旁邊，以指尖撫摸液體，然後以毫無情感的聲音說明。「……是血。」

京子女士的聲音因為恐懼而變尖。「這……這究竟是誰的……？」

「不，還不清楚。不過，肯定流了不少血。」

流平戰戰兢兢從師父背後觀察地板。餐桌與流理台之間的狹小空間，出現一個紅色的水池。正確來說是血池。仔細一看，以血池為起點，拉出一道拖行物體的痕跡。摩擦留下的紅線，像是在地板爬行的蛇不斷延伸。流平以委託人聽不到的音量詢問。

「鵜飼先生，這該不會是拖行屍體的痕跡吧？」

「有可能。只不過，還不能斷定有人死亡……」

鵜飼嘴裡這麼說，不過看地板的血量，可以確定受害者不是傷重瀕死，就是處於更慘的狀態。流平視線沿著地板像是蛇的痕跡移動，這條線延伸到飯廳另一側開啟的門後。

流平沿著這條紅色痕跡，走向那扇門。往門後看去，是一條長長的木地板走廊。走廊表面也拉出一條紅線。不是朝向玄關，而是朝反方向延伸。這條線究竟延伸到哪裡？流平剛這麼想……

「汪！汪！」

狗叫聲突然響遍四周。流平嚇得背脊發抖。「是扇貝！」

叫聲聽起來是來自走廊盡頭。留在走廊的紅色痕跡也是筆直朝該處延伸。看來比起偵探們土法煉鋼的追蹤，柴犬擁有的動物直覺先找到終點了。

流平與鵜飼爭先恐後走向走廊盡頭。盡頭是一扇木製拉門，已經拉開到一隻狗能進出的程度。門後沒有燈光。大膽將拉門完全拉開一看，柴犬在黑暗狹小的空間裡有點激動地跳來跳去。

「好～～好好好，好乖好乖，乖孩子，好好好……」

「等一下，鵜飼先生！已經不是模仿動物節目主持人的時候了啦！」

流平終究也看不下去大喊。

「嗯，現在確實不是疼愛小狗的時候。」

鵜飼說著找出牆上的開關，然後開燈。這裡是更衣間兼盥洗區。洗臉台旁邊放著一台滾筒洗衣機。一旁的洗衣籃裝滿五顏六色的待洗衣物。扇貝在木質地板跳來跳去，像是拚命要告知某些事。看來牠溼潤的鼻頭朝向盥洗區深處的門。這扇毛玻璃門應該是通往浴室吧。盥洗區後方是寢室的這種格局太荒謬，所以肯定是浴室。

流平如此思考時，旁邊的鵜飼指著盥洗區地板。

「流平，你看。拖行物體的血跡，一直通到這扇門。」

「嗯，看起來確實是這樣……」流平一臉緊張地點頭。

飯廳的血池。異常激動的扇貝。還有血跡。門後的光景再怎麼異常，也已經沒什麼好驚訝了。

流平主動握住門把，往自己的方向拉。微微開啟的門後果然是浴室。貼瓷磚的空間頗為復古。在盥洗間透過來的微弱燈光中，浴室像是沒發生事情般靜悄悄的。不過真的沒發生事情嗎？流平定睛注視。

「燈在……啊啊，這裡嗎……」
流平身後的鵜飼這麼說，按下門邊的開關。一瞬間，眼前變得明亮，原本陰暗的浴室光景一覽無遺。同時，流平發出「啊！」的哀號。
貼瓷磚的浴室裡，地面與牆壁描繪的鮮紅花紋突然映入眼簾。
是血。浴室裡的鮮血，將狹窄空間的各處染紅。
流平「唔」地板起臉。鵜飼「嗚」地呻吟。扇貝「汪」地開心搖尾巴。看來狗不太害怕這種狀況。
這一幕過於震撼，流平在浴室入口踉蹌了一下。大概是震動傳導的關係，豎在入口附近的某個物體，發出響亮的金屬聲倒在瓷磚地面。
是鋸子，沾滿血漿的大鋸子——
鵜飼一看見鋸子，就筆直指向浴缸。
「流平，這個浴缸有加蓋對吧？」
「啊，嗯，是的……」浴缸上面確實以三塊板子加蓋。
「那些蓋板，你可以幫忙拿開嗎？」
「呃！」流平嚇得縮起脖子。「不……不用了，等改天有機會再……」
「你是笨蛋嗎？沒有下一個機會了。不管了，快一點，別抗拒！」
老實說，流平抗拒得不得了，但師父的命令絕對要服從。

流平穿上浴室旁邊的拖鞋，踏在染血的地板，踩著容易打滑的地板，慎重走到浴缸旁邊。近距離觀察，看得見並排的三塊板子也有若干血跡。事到如今，流平決定完全放棄思考，只成為一具機械行動。是的。現在的自己是全自動浴缸掀蓋機。

「我……我要掀了喔，鵜飼先生。預備……！」

為自己打氣的流平，真的是以機械般的動作「嘿！嘿！嘿！」連續取下浴缸上的三塊蓋板，就這麼將板子豎在牆邊。浴缸裡面的樣子立刻見光。目擊這幅光景的瞬間，流平丟臉地「嗚哇！」慘叫一聲。他想要向後跳的時候，在沾上血漿容易打滑的地板悽慘摔個四腳朝天。

「這……這……這是……」

流平提心吊膽注視浴缸內部，然後大喊。「分……分解……分解分……分解分解分解的屍塊！」

「流平，你『分解』講太多次了。」鵜飼冷靜地重說一次。「這是分解的屍塊。」

鵜飼說得沒錯，放滿水的浴缸裡，浮著如假包換的分解屍塊。而且是男性。粗壯的腿與強壯的手臂，像是奇妙的擺飾般浮在鮮紅水面。大塊軀體的胸部看得見數道刺殺的傷口。看來屍體是被分割成六塊。雙手、雙腳、軀體。然後在看向最後一塊部位的瞬間——

「啊！這⋯⋯這張臉是⋯⋯！」

流平不禁愣住。方正的臉孔，圓圓的鼻子，漆黑的頭髮溼透貼在額頭。閉上的雙眼眼角有顆顯眼的痣——是塚田政彥！

就在這個時候，浴室門口附近響起女性的尖叫聲。轉頭一看，京子女士現在才來到盥洗區。她睜大的雙眼筆直注視浴缸裡男性的頭顱。京子女士顫抖嘴脣，呼叫寶貝兒子的名字。

「政⋯⋯政彥！啊啊，政彥，為什麼變成這樣⋯⋯」

委託人想衝向浴缸，偵探在最後關頭攔下她。

「夫人，不可以！您最好別看。」

鵜飼雙手抱住京子女士。京子女士在他懷裡搖亂一頭白髮。

「誰害政彥變成這樣⋯⋯廣美嗎？是她把政彥⋯⋯？」

「不，這種行凶手法，女性應該辦不到⋯⋯」

「不然是誰？啊啊，對了！是那個男的，叫做富澤芳樹的那個男的。他對我兒子做出這種事⋯⋯天理不容！我絕對不會原諒他⋯⋯」

大概是難以承受喪子之痛，京子女士忘我不斷大喊。頻頻悲痛哀號沒多久，她突然像是失去全身力氣般跪倒。看來委託人備受打擊而昏迷了。

四

富澤芳樹。短短數小時前，偵探親口將這個名字告訴委託人。

地點是距離塚田家不遠的公寓某戶。鵜飼杜夫與戶村流平造訪住在這裡的京子女士，報告十天前受託調查外遇的結果。

委託人與兩名偵探，隔著客廳桌子相對而坐。鵜飼以嚴肅的語氣開口。「依照您的委託，這十天左右的時間，我們一直跟蹤塚田廣美小姐，清查她的交友關係。先說結論，可以確定廣美小姐和一名男性交情匪淺。對方叫做富澤芳樹，三十五歲，單身，是廣美小姐的大學同學，現在在市內鬧區經營酒吧。不過，那間店似乎不怎麼流行……」

鵜飼說著出示資料，證明塚田廣美和富澤芳樹交情匪淺。簡單來說，就是將兩人出入烏賊川市內非正派旅館的照片給委託人看。

接著，偵探一直說明自己為了拍下這決定性的一瞬間，累積了多少的耐心與努力，總歸來說就是誇大其詞說明這段辛苦的過程，不過沒什麼內容，所以委託人聽到一半似乎就當成耳邊風。

「這樣啊，那真是辛苦了。」

京子女士像是要俐落打斷鵜飼的無意義炫耀般點頭。
明明完全沒聽進去……流平在心中低語，同時看向京子女士。
京子女士目不轉睛注視桌上的數張照片。照片裡的富澤芳樹身穿黑色上衣加上白色丹寧褲，是勻稱的中等體型。臉孔給人精悍的印象，尖尖的下巴與高高的鼻梁，恰巧和塚田政彥成為對比。包括清澈的雙眼與緊閉的嘴，基本上稱為亮眼型男也不為過。
京子女士拿起這幾張照片整理好，慰勞偵探們。「總之，辛苦了。感謝兩位的活躍。」
「話說回來，夫人……」如上所述完成任務的鵜飼，重新注視委託人詢問。
「雖然這麼問像是多管閒事，但您取得這些照片之後，打算怎麼做？要建議令郎夫妻倆說『你們兩個，快給我分一分！』這樣嗎？不過，這麼做沒問題嗎？恐怕有很高的機率演變成像是肥皂劇那樣喔，唔呵！」
鵜飼先生，你在期待什麼啊？流平斜眼瞪向不檢點的偵探。
「或許正如偵探先生所說吧。但我不能坐視不管。因為其實我在幾天前，聽我兒子親口說過一件令我在意的事。」
「這樣啊，令您在意的事？」
「就我所知，我兒子夫妻倆最近買了新的保單。而且好像是把彼此設為受益人的五千萬圓壽險……」

「喔，五千萬圓！」鵜飼驚聲說。「總之，因為是夫婦，所以有可能一起投保，將彼此設為受益人也沒什麼好奇怪。不過，刻意在這個時間點投保，確實令人在意……夫人，首先提議買這張保單的是誰？政彥先生？還是廣美小姐？」

「是廣美。嗯，我兒子清楚這麼說，所以肯定沒錯。」

京子女士如此斷言，她擔心的事情顯而易見。她正陷入負面思考，想像自己溺愛的兒子或許成為殺人詐領保險金的犧牲者。

不過即使投保，一般來說也不會立刻連結到殺人詐領保險金。這時候原本應該是笑說「夫人，您想太多了」輕拍委託人肩膀的場面吧。

不過在這個時候，某個無法一笑置之的場面在流平腦海鮮明浮現。

「鵜飼先生，雖然我覺得應該不會，不過那件事……」流平輕聲說。

「嗯，我也正在思考同一件事。」鵜飼也難得一臉嚴肅地點頭。

這是三天前發生的事。當時，鵜飼與流平還沒掌握到外遇證據，繼續一步一腳印地跟蹤塚田廣美。就在廣美某次外出的時候，她忽然進入一家五金行。流平立刻假裝成路過的普通顧客，潛入同一家五金行，飾演對鍋子、水壺與鍋鏟深感興趣的怪胎青年，偷偷觀察廣美。在流平的視線前方，廣美拿著某個物品筆直走向收銀檯。收銀檯的年長男性，沒想太多就從她手中接過錢，將商品包裝之後交給廣美。

流平看著這一連串的光景，不得不歪頭納悶。廣美在五金行購買的商品，是對於一般家庭來說可能太大的一把鋸子。

廣美購買的大鋸子，以及正彥最近投保的壽險。如果將這兩件事硬是連結起來，只會得出一個非常不祥的結論。

鵜飼腦海當然也浮現這個可能性。但他刻意沒將這件事告訴京子女士。或許對於偵探來說，這是一種「不應該徒增委託人的不安」的信念，或者是「廣美買鋸子如果只是要鋸掉庭院樹木，自己恐怕會顏面掃地，至少要避免這種結果」之類的自保措施。

無論如何，在面對委託人的這個場面，鵜飼對於鋸子的事情隻字未提。相對的，他面不改色詢問京子女士。

「夫人，這些照片，您要先拿給政彥先生看？還是廣美小姐？」

「我想先拿給兒子看，這樣就不會上演肥皂劇了。」

「會是什麼時候？我認為愈快愈好。」

「嗯，我也這麼認為。不然的話，現在就去吧。因為廣美的家人生病，她昨天就被叫回娘家。」

「那麼，政彥先生今晚一個人在家嗎？嗯，那麼時機剛好。」

在這個狀況，「時機剛好」應該是對於企圖殺人詐領保險金的歹徒而言吧。對於想阻止這個計畫的偵探來說，這當然也是令人深感興趣的狀態。

「那麼夫人……」鵜飼探出上半身說。「方便我們也陪夫人一起過去嗎？我們也想親口告知政彥先生一些事。」

偵探的要求很唐突，不過京子女士沒露出抗拒表情，反倒是一臉鬆一口氣的樣子。「哎呀，如果兩位偵探願意陪同，我反而像是吃了定心丸。雖說是親生兒子，但我還是不太忍心揭發人家夫妻的祕密。」

「非常感謝您這麼說。那麼事不宜遲，我們出發吧。」

就這樣，鵜飼與流平陪同京子女士衝出她的住處，要和今晚肯定獨自待在塚田家的政彥見面，直接警告政彥本人可能面臨生命危險。不過，雖然這麼說——

在這個時間點，流平還很放心。他做夢都沒想到，接下來他真的會目擊到切下來的手腳與頭顱。

五

鵜飼與流平抱著昏迷的京子女士，暫時回到客廳。讓全身癱軟的京子女士躺在沙發之後，終於稍微喘口氣。接著兩人立刻重返問題所在的浴室。浴缸裡是看幾次都令人不忍正視的殘酷光景。規格極為平凡的浴缸。染成紅色的水面上，四肢、軀體與臉擠滿所有空間。流平從悽慘的光景移開目光，看向自己的師父。

「鵜飼先生，怎麼辦？這怎麼看都是命案吧？京子女士說得對，凶手肯定是富澤芳樹。分屍的也是他。購買鋸子的廣美應該是共犯。這正是企圖詐領保險金的典型分屍命案。」

「嗯，我也這麼認為。」

「那麼，我們趕快報警……」

「不，流平，等一下。」

鵜飼慎重攔住流平。「我只在意一件事。你仔細想想，我們和京子女士一起造訪這個塚田家。雖然按門鈴卻沒人應門。玄關上鎖，客廳窗戶有燈光。我們找過其他窗戶，卻沒有能讓人進出的窗戶。從廚房窗戶往裡面看，我們發現一把沾血的尖刀，所以立刻打破客廳窗戶玻璃，好不容易進入室內。你聽好，這間屋子沒有任何能讓我們自由進出的門窗。那麼，殺害政彥的凶手……假設這個人是富澤芳樹，那他究竟是從哪裡逃走的？」

「這……這個嘛，我想想……」流平思考片刻，輕敲手心。「對了，廣美是共犯，富澤從她那裡拿到備用鑰匙，可以用來自由進出玄關。應該是這樣吧？」

「原來如此。很像你會有的平庸想法。我都打呵欠了。」

鵜飼張大嘴，「呵啊～～」作勢打呵欠。流平不悅回嘴。

「我這麼平庸真抱歉啊。因為，也只能這麼猜測吧？」

「知道了。我們姑且確認看看吧……啊啊，在那之前，流平，麻煩蓋上浴缸避免京子女士看見。而且扇貝對屍體亂來就糟了。」

「既然這樣，趕快把扇貝趕出去不就好了？」

到頭來，狗在命案現場跑來跑去就很奇怪。流平如此心想，但鵜飼看起來不以為意，又去摸柴犬的頭。流平一邊嘆氣，一邊再度以三塊板子蓋上浴缸。「好啦，這樣就行吧？」

「嗯。那麼，我們走吧。」鵜飼走出盥洗間，前往塚田家的玄關。

但他看見玄關大門的瞬間就咂嘴大喊。「嘖，流平，不合理喔。這扇玄關大門上了鏈條鎖。就算富澤有備用鑰匙，也沒辦法從門外上鏈條鎖吧？凶手的逃離路線不是玄關。」

「唔～～看起來是這樣沒錯。這麼一來，果然是窗戶嗎……」

「窗戶也從室內上了月牙鎖。就算有窗戶沒上鎖，也加裝鐵窗鑽不過去。京子女士是這麼說的。」

「原來如此，這樣啊。」流平點了點頭，卻立刻搖頭。「不，請等一下。肯定有一扇窗戶沒裝鐵窗，也沒鎖月牙鎖。」

「喔，有這種窗戶？」鵜飼以裝傻語氣詢問。

「是的，雖然一開始沒有，但現在有一扇。」

流平說著穿過走廊，回到剛才的客廳。昏迷的京子女士躺在沙發上。流平指著面向庭院的大窗戶。

「看，就是那扇窗。我們打破玻璃進來的窗戶。凶手恐怕是從那扇窗戶逃走的。我們在浴室發現屍體大呼小叫的時候，他趁機……」

「原來如此。也就是我們打破這扇窗戶進入客廳的時間點，凶手還在這間屋子裡嗎？凶手躲在和室或某個地方屏息以待，找到機會打開這扇窗戶出去，然後再度關上窗戶逃走。是這樣嗎？」

「嗯，就是這樣。如何，這樣你還要打呵欠嗎？」

「不，普普通通。這個推理還不差。」鵜飼咧嘴一笑。「其實我也和你想過完全相同的可能性。在首度進入這間屋子的時候就想到了。」

「首度進入這間屋子的時候？」

「沒錯。當時為求謹慎，我在那個窗框動了點手腳。放心，不是什麼誇張的玩意，只是在緊閉的兩扇窗戶縫隙塞一團衛生紙。這麼一來，如果有人偷偷從那扇窗戶出去，我們馬上就會知道。如果衛生紙就這麼塞在原位，代表沒人動過窗戶。反過來說，如果衛生紙掉了，代表有人動過窗戶。好啦，事不宜遲，我們確認看看吧。」

鵜飼說著走向打破的玻璃窗，指向緊閉窗戶的縫隙。在距離月牙鎖相當高的位置，窗框與窗框之間，夾著一個小小的白色物體。是一團衛生紙。

流平看見這團衛生紙，不禁「唔〜〜」地呻吟。衛生紙就這麼夾在上面沒掉落。這麼一來就證明沒人打開這扇窗戶出去。「……話說鵜飼先生，你為什麼雞婆做這種事啊？這麼一來，這整間屋子不就好像密室了嗎？」

「說我雞婆，你真沒禮貌。這怎麼想都是完美的助攻吧？」鵜飼不滿地扭曲嘴角說下去。「而且不是『好像密室』，如今肯定沒錯。這間塚田家是貨真價實的『密室』。換句話說，這是不可能的犯罪。」

鵜飼像是宣布般說完，露出頗為愉快的笑容。

六

後來好一段時間，鵜飼與流平大致檢視塚田家的所有房間。這是考慮到剛才或許看漏某些線索。結果只確認一件事，這間塚田家果然整體來說是一間密室。客廳、和室與寢室都沒有異狀，人鑽得過的窗戶全部從內側上鎖。雖然有幾扇沒鎖的小窗，但是都加裝鐵窗無法進出，這一點正如京子女士所說。凶手當然或許還沒逃走，躲在床底或壁櫥隱藏氣息，考慮到這個可能性，偵探們慎重清查這些場所，卻還是找不到任何藏身的嫌犯。

不得已，偵探們再度回到盥洗間。看向浴室，柴犬扇貝拉長身體躺在浴室蓋板上。看著浴室莫名悠哉的光景，鵜飼終於露出嚴肅表情開口。

「話說回來，流平，事情變得不太妙了。現在這樣，我們不能貿然報警。以那個砂川警部的個性，要是不小心招出事實，他肯定會先懷疑我們。實際上，如果我們是犯人，就談不上什麼密室之謎……」

「是的。因為我們是第一目擊者……」

砂川警部是烏賊川警局的知名刑警，打從心底希望找機會逮捕鵜飼偵探。確實，那個警部看到現在的狀況，肯定會先認定鵜飼他們的嫌疑最大。「那麼鵜飼先生，怎麼辦？乾脆對警察說謊嗎？說我們來到這個家的時候，玄關與窗戶都完全沒上鎖。這麼一來，至少就沒有理由懷疑我們了。」

「是沒錯。不過，明明沒做虧心事卻說謊，我實在不能接受。而且這間密室有個奇妙的問題。你肯定也已經察覺了。」

「呃，是的，我當然察覺了。」——咦，什麼事？奇妙的問題？

一反從容的態度，流平在內心納悶。鵜飼在他面前斬釘截鐵地說明。

「沒錯，就是死者被分屍的問題。而且屍體放置在浴缸。這其實很奇怪吧？分屍原本是為了遺棄屍體而做的。屍體又大又重，很難搬運，所以分解成小塊搬運，分屍就是這麼一回事。不過，這個凶手殺害政彥之後只有分屍，沒有運走。這究竟是怎麼回事……」

「原本正準備運走。換句話說，現狀對於凶手而言還在犯案階段，卻在正要運走屍體之前，被我們發現犯行。」

「嗯。不過如果還在犯案階段，凶手不在這裡很奇怪吧？」

「這可不一定。就算是殺人凶手，也可能犯案到一半肚子餓……」

「喂喂喂，你是說凶手分屍之後，暫時停手跑出去吃晚餐？唔～～如果是事實，那這就是空前的驚悚命案了……不過，假設真的是這樣，到最後我們還是得面對密室之謎。就算殺人凶手是什麼樣的怪胎，也不會為了外出吃晚餐，刻意設計出一間密室吧？」

「哎，說得也是。」流平點點頭，很乾脆地收回自己的推理。

沉默降臨盥洗間。大概是察覺到沉重的氣氛，柴犬扇貝也趴著不動又不叫。

在這樣的狀況下，鵜飼雙手抱胸觀察浴室。

「密室之謎與屍塊之謎。兩者或許在某處有交集。密室與屍塊嗎……」鵜飼輕聲說到這裡，視線停留在某處。「唔，等一下。」

鵜飼再度踏入浴室，走向最深處的窗子。這是狹小浴室的唯一窗戶。及腰的鋁窗約一公尺寬。鵜飼抓住窗框往側邊一拉，窗戶從側邊拉開，沒有上鎖。不過窗外照例安裝鐵窗。鵜飼雙手抓住鐵窗。「救命啊～～我是清白的～～」他表演昭和時代小學生一定會玩的搞笑戲碼之後，一臉正經看向見習偵探。「──喂，流平！」

「我才不要。我不玩這種冷笑話。這樣不成體統。」

「沒人叫你做這種無聊的事情吧！」

「既然知道無聊，請你別這麼做好嗎？」

「總之，如今這種事不重要。」鵜飼指向問題所在的窗戶，重新以認真態度說明。「流平，你看這扇窗戶。外面裝了鐵窗對吧？而且我覺得鐵窗的窗格有點寬。」

「有點寬？」流平進入浴室，近距離觀察窗格。鐵窗的窗格確實比較寬，粗估是二十公分左右。「可是，就算這麼說，凶手終究不可能從這個窗格進出喔。如果凶手是小學生，那我還可以理解，不過這次的命案，凶手恐怕是富澤芳樹沒錯。他完全是成年男性。」

「嗯，我知道。我當然也不認為富澤芳樹從這裡進出。那麼反過來說，政彥又如何？」

「你說政彥……咦，也就是說？」

「就是分屍之後的屍塊。如果是手腳，應該可以輕鬆穿過這個洞。」

「這……這個嘛，應該沒錯吧。如果是分解之後……」

「總覺得頭部應該也可以勉強過得去。」

「這就不一定了。因為頭有點寬。而且再怎麼說，軀體也不可能吧？」

「不，很難說。軀體和頭顱不一樣，意外地沒有很寬。即使是從正面看起來肩膀很寬的男性，從側邊看起來，胸膛也不會很厚。如果用力推擠，說不定可以通過窗格。」

「不會吧！」流平的聲音不禁變尖。「那麼，凶手是從外面把屍體塞進這間密室狀態的浴室嗎？為此把屍體切塊……」

「是的。被塞進來的屍體，掉到窗戶下方的浴缸，浮在水面。」

「不……不可能啦。因為我們發現屍體的時候，浴缸蓋了三塊板子，屍體在加蓋的浴缸裡。這方面你怎麼解釋？」

「比方說，或許是從窗外伸竹竿之類的東西進來，操作這三塊板子。只要多花點時間，並不是做不到。而且假設做不到，也可以放棄加蓋。」

「啊啊，說得也是……」將浴缸加蓋的這個行為，並不是本次密室命案絕對必要的因素。鵜飼說「做不到也可以放棄」，也具備足夠的說服力。不，可是，這怎麼可能……

依然難以相信的流平搖了搖頭。「還是不可能吧？手腳就算了，但要把頭或軀體硬是從窗格塞進來……」

「可不可能，試過就知道。立刻實驗看看吧。」話剛說完，鵜飼自己什麼都沒做，就只是對流平下令。「你再把浴缸蓋板打開一次。」

「…………」蓋板就是要我負責是吧！

流平朝師父投以不滿的視線，同時趕走蓋板上的柴犬，抓住蓋板。想到板子下方藏著屍塊就沒什麼動力，但如今也不能逃避。流平再度化為全自動掀蓋機，「嘿！嘿！嘿！」很有節奏地取下三塊蓋板。

流平摀著嘴，重新看向浴缸。看多少次都不可能習慣的悽慘光景使得背脊發寒。鵜飼再度命令流平。

「那麼流平，把那顆頭拿到這邊的窗戶……」

「你……你……你在說什麼啊！你說的頭是……是……是這顆人頭嗎？」

「還有別顆嗎？用你的頭做實驗又沒意義。好啦，快點！」

「嗚嗚……」流平發出呻吟。不過見習偵探絕對要服從師父的命令。流平戰戰兢兢將雙手伸向浴缸。「嗚……嗚……咕嗚～～……」

染成鮮紅的水面。浮在水面的手腳。其中隱約可見的政彥頭顱。流平稍微移開視線，像是要以雙手夾住頭顱，抓住頭顱兩側的耳朵部位，他朝雙手使力，試著筆直拿起頭顱。不過聽說人類的頭顱意外地重。實際要拿起來的時候，就發現重量超乎想像。

「唔……」流平加把勁，朝雙手注入更大的力氣。「……喝！」

流平使盡力氣，終於從紅色水面拿起政彥的頭顱。但他拿起來的不只是頭。頭部到脖子，還有軀體、雙手與雙腳。各部位齊全的成年男性響起嘩啦啦的響亮水聲，突然從染成鮮紅的水面現身。

「…………………」

這一瞬間，流平以為浴室的時間靜止了。「咦……咦咦……？」

流平就這麼雙手抓著男性頭部說不出話，然後他親眼確認站在面前的男性，從頭頂、穿T恤的軀體到穿短褲的雙腿，全身上下確認一遍。不是分屍的屍塊。甚至不是屍體。流平對此感到錯愕時，正前方的政彥雙眼突然睜開，帶著怒火的兩顆眼睛筆直瞪向流平。

「哇，哇，哇～～！」流平驚愕尖叫。

「汪，汪，汪～～！」扇貝也叫了三聲。

流平與扇貝這對哥倆好，一起摔倒在浴室的瓷磚地面。

在這樣的狀況中，鵜飼一個人面不改色面對突然出現的男性。他輕輕舉起右手，老神在在地打招呼。「嗨，塚田政彥先生。什麼嘛，原來您活著啊。我一直以為您已經遇害了。」

面對偵探咄咄逼人的態度，政彥不知為何一臉氣沖沖的，像是從丹田擠出力氣般大喊。「沒……沒錯，我活著！我就是活著！」

不明就裡的流平從瓷磚地面起身。「為什麼？為什麼？」他一邊叫，一邊躲到鵜飼背後，指向站在浴缸裡的方正臉孔男性。「本應死掉的政彥先生為什麼會活著？咦，那麼，被分屍的是誰？咦，什麼什麼，這究竟是怎麼回事啊！」

「哎，吵死了，閉嘴！」

政彥突然發飆大喊，然後揮動右手，扔出手上的球狀物體。鵜飼迅速躲開。扔出的物體筆直飛向流平，漂亮命中他的臉。「……噗啪！」

額頭傳來劇痛。浴室響起像是豬叫的哀號。流平被震到盥洗間，無力倒在地上。球狀物體在地面滾動，剛好停在流平面前。

這一瞬間，他再度放聲尖叫。「呀啊啊啊～～！」

球狀物體是頭顱。人類的頭顱。而且流平看過這張臉。尖尖的下巴與高高的鼻梁給人深刻印象，曾經迷人的型男。這顆頭是富澤芳樹的頭顱。

七

在那之後發生的事情，戶村流平完全不記得。清醒的時候，他躺在白色房間的白色床上。看來這裡是醫院的病房。不過，究竟為什麼？

不明就裡坐起上半身，發現鵜飼坐在床邊的椅子。「哎呀，終於醒了？」他看著流平說完咧嘴一笑。

「咦，鵜飼先生為什麼在醫院？」流平詫異詢問。

「你問這什麼問題？」鵜飼輕輕聳肩。「被送到醫院的是你吧？我只是陪你過來。怎麼樣，額頭很痛吧？這也在所難免。你在那間浴室挨了強力頭鎚跌倒，尖叫之後就這麼昏迷不醒。不過，賞你頭鎚的是富澤芳樹的頭顱……不對，既然對方只有頭顱，應該不能叫做頭鎚吧？」

「這……這麼說來……」戰慄的場面轉瞬之間在腦海甦醒。流平按著包繃帶的額頭，不禁打個寒顫。「那……那不是夢吧……那麼，那究竟是什麼……？」

「就說了，那是富澤芳樹的頭顱。」

「這我知道啦！」流平忍不住大聲嚷嚷。「那麼，富澤死了吧？而且原本以為死亡的塚田政彥其實活著，是這麼一回事吧？」

「嗯，沒錯。浮在浴缸的四肢與軀體，都是富澤芳樹被分屍之後的屍塊。但是只有頭顱不是。那顆頭是還活著的塚田政彥。他躲在浮著富澤屍塊的浴缸裡，只把頭露出水面。看到這幅光景的我們，認定這是塚田政彥的屍塊。實際上，政彥頭部以下都在那池染成鮮紅的水裡。」

「那麼，這起命案的凶手是塚田政彥，富澤芳樹其實才是被害者。是這樣沒錯吧？我們推測富澤芳樹為了詐領保險金而殺害塚田政彥。事實卻完全相反？」

「沒錯。不過我們的推理也大致符合真相。富澤芳樹和塚田廣美共謀殺人詐領保險金，這應該是事實。至於後續發生的事情，我已經在你昏迷的時候聽政彥本人說了，你做好準備聽我說吧。」

然後鵜飼繼續說明。

「實際上，富澤芳樹今晚親自造訪塚田家。什麼都不知道的政彥打開玄關大門。富澤隨便編個藉口說『想談談你妻子的事……』進入屋內，突然拿出尖刀襲擊政彥。政彥拚命抵抗，搶走對方的刀，反過來將刀子插進富澤胸口。事情發生在那間飯廳。」

「也就是殺人反被殺？那不就是正當防衛嗎？」

「哎，就是這麼回事。所以我覺得當時直接報警就好，但政彥沒這麼做。他好像害怕很多事。雖然是正當防衛，但他殺了人是事實，傳出去的話不知道會在日常生活掀起多少風波。到頭來，就算他主張是正當防衛，法庭也不知道會怎麼判斷，甚至可能認定是防衛過當。因為實際上，他以搶來的尖刀刺殺對方胸口好幾次。」

死者身體確實有複數傷口。流平回想起這件事。

「所以塚田政彥沒報警，而是分屍？」

「沒錯。他沒有車。如果要獨自處理沉重的屍體，最好的方法是分屍之後分批扔掉。如此心想的政彥到倉庫找工具，發現裡面不知為何有一把適合用來分屍的鋸子。」

「啊啊，廣美在五金行買的那個！」

「對。即使抱持若干疑問，他還是用那把鋸子在浴室分屍，將鋸下來的部位放進浴缸剩下的洗澡水。就在分屍完畢的這個時候，又發生一件天大的事情。居然有人突然造訪塚田家。」

「就是我們吧？」

「是的。不過政彥剛開始似乎自以為『別應門就沒問題』。因為一般來說，不可能有人不惜破窗入侵。但我們真的打破窗戶進入屋內，浴室裡的政彥當然慌張到不行。全身鮮血的他無處可逃。此時他靈機一動，跳進面前的浴缸。被血染紅的水，以及填滿水面的屍塊。他躲在裡面等待機會逃走。這個驚人的作戰真的堪稱『苦肉計』。」

「…………」鵜飼先生，這個譬喻並不高明，應該說超恐怖的！

政彥自願沉入漂浮人肉屍塊的鮮紅水面。想像這一幕的流平不禁反胃。另一方面，鵜飼繼續平淡說明。

「不過，政彥要是完全躲在水裡就不能呼吸吧？所以無論如何非得只讓臉部露出水面。而且既然政彥露臉，就只能把富澤的臉藏起來，因為浴池浮出兩個人的臉很奇怪。後來政彥抱著富澤的頭，讓身體沉入水中，這麼做的結果，打造出乍看之下是政彥屍塊浮在浴缸裡的狀況。」

「原來如此。我們驚慌以為這是密室或不可能的犯罪，實際上卻不是什麼不可能的事情。凶手只是屏息躲在密室裡罷了……」

「哎，他躲的地方確實出乎意料，不過終究只是急就章的小伎倆。實際上，在你要拿起政彥頭顱的瞬間，他就斷然死心，光明正大從水面現身，然後氣沖沖將手上的富澤頭顱扔向我們……總歸來說，這次就是這樣的事件。」

鵜飼露出從容的笑，結束整段說明。床上的流平再度以指尖撫摸被人頭命中的額頭。不願回憶的駭人場面差點從腦海甦醒，他連忙換個話題。

「這麼說來，委託人呢？京子女士怎麼樣呢？」

「這個結果當然令她開心得要死。因為原本以為死亡的寶貝兒子其實活著。現在大概正在找高明的律師吧。畢竟政彥將富澤分屍是事實，即使被認可是正當防衛，意圖毀壞與遺棄屍體的罪狀還是躲不掉。總之，就算因而判處有罪，對於京子女士來說，這個結果也比兒子遇害好太多了。」

確實如此。流平也點頭同意。不過話說回來，這個案件也太奇妙了。以為發生驚悚的密室分屍命案！案情後來卻急轉直下，非常乾脆地解決。而且生者與死者還對調了……

當時在塚田家浴室，姑且認真面對密室之謎，你一言我一語熱烈討論各種可能性的自己和鵜飼究竟算什麼？躲在浴缸裡的政彥，究竟是以什麼樣的心情，聆聽脫線偵探們這段無意義的討論？或許在暗中嘲笑這兩個傢伙是笨蛋吧。

如此思考的流平，此時內心浮現一個疑問。

「這麼說來，鵜飼先生，你剛才說政彥的行為是『急就章的小伎倆』。換句話說，政彥原本想假扮成屍體故弄玄虛，然後找機會逃走？既然這樣，為什麼政彥實際上沒走？我覺得當時有機會逃走吧？京子女士昏迷不醒，我們也去檢查屋子各處的門窗，沒有注意到浴室。他趁這個機會逃走不就好了？既然這樣，為什麼……？」

「你說的確實沒錯。不過政彥猶豫了。問我為什麼？你仔細回想吧。我們離開浴室的時候，你不是把政彥藏身的浴缸蓋上了嗎？後來我們再度回到浴室的時候，蓋板上面有什麼東西？」

「咦，蓋板上面……啊啊！」流平搜尋那一幕的記憶，不禁彈響手指。「對了，是扇貝。扇貝躺在浴缸的蓋板上！」

「正是如此。蓋板上面有狗。如果在這個狀況硬是掀開蓋子走出去，扇貝肯定會汪汪大叫，所以政彥才在浴缸裡想動也動不了。這是政彥自己招供的，所以絕對沒錯。」

接著，偵探像是要為這起奇妙的事件做個總結。

「總歸來說，我們在討論塚田家密室問題的時候，政彥被關在名為『加蓋浴缸』的另一間密室，承受莫大的壓力。」

「原來如此。所以他從浴缸出現的時候莫名火大。」

難怪他劈頭就把頭顱扔過來。流平感覺最後的謎題解開了。

「哎，就是這麼回事。但這也在所難免吧。畢竟浴缸密室裡是那種狀況，我反而佩服他居然還能維持理智……」

偵探像是同情政彥般低語。

酷似被害者的男人

一

雅人察覺一道強烈的視線朝向自己，是他剛喝完第一杯酒的時候。坐在吧檯角落座位的他歪過腦袋，看向斜後方。不遠處的餐桌座位坐著一名年輕女性。雖然很漂亮，但他看多少次都認不出是誰。

年齡大概三十歲左右。容易誤認是喪服的深藍色連身裙加上珍珠項鍊。簡單洗練的輪廓，令雅人忍不住想吹聲低俗的口哨。在椅子上美麗交疊的雙腿前端，白色高跟鞋像是打節奏般緩緩搖晃。豔麗的頭髮又黑又長。手上的玻璃杯大約還有半杯紅酒。眼角細長的雙眸散發迷人光輝，視線筆直朝向雅人。看來對雅人多多少少有點意思。

——那麼，這時候就使用穩固的短打戰術！

「Hey, Come on!」選擇安全牌的雅人，豎指叫來一旁的服務生，在他耳際低語。「請那邊的女性喝一杯這間店最好的酒。」

雅人悄悄指著斜後方的餐桌使眼神。「知道了。」服務生以低沉聲音回應之後，暫時離開他身邊。數分鐘後——

「是那位客人請的。」雅人身後響起低沉的聲音。

「哎呀，請我喝？」發出驚訝聲音的不是連身裙黑髮美女，是座位和她隔一張桌子，正在享用啤酒的胖大媽。這次輪到雅人嚇一跳。喂，我為什麼要花大錢勾搭陌生大媽啊？

雅人拿起自己的酒杯離席，從服務生手中一把搶過酒杯，就這麼拿著兩個酒杯，主動走向隔一張桌子座位的神祕女性。不打短打了，唯有強行進攻！

「妳一個人嗎？一個人吧？」怎麼看都不像是有人陪同。雅人鼓起勇氣，說出這句難為情的台詞。「不介意的話，要不要和我一起喝？」

美女細長的雙眼看向他。「我一個人正覺得無聊。請務必陪我。」

微笑女性的迷人表情瞬間烙印在雅人腦中，眼神貫穿心臟。

雅人坐在美女正對面，兩人酒杯輕觸。就這樣，雅人偶然邂逅了這名陌生美女。不過，這真的是偶然嗎？

雅人抱持若干懷疑，隨口請教對方芳名，她立刻回答。

「田中直美。直角的直，美女的美。」

「……田中直美……」這應該是假名吧？雖然無法拭去疑惑，但雅人的嘴依然自動說出稱讚的話語。「直美小姐啊，真美妙的名字！」然後他也這樣自稱。「我是中山雅人，請多指教。」這當然也是假名。

不過，即使彼此都用假名也無妨。雅人很高興認識直美，愉快度過接下來的時間。兩人比預料的聊得開，酒也一杯接一杯。夜深之後，兩人一起走出「養老之瀧壺，烏賊川站前店」。補充一下，「養老之瀧壺」不是全國知名連鎖居酒屋「養老乃瀧」或「壺八」的姊妹店，是只在烏賊川市有名的在地居酒屋。這間店最貴的酒，是一杯兩百九十圓整。所以雅人可以拿著她的帳單，帥氣地拍胸脯說「這頓我請」。如果是時尚酒吧就辦不到。

——瀧壺太棒啦！

雅人在心中讚不絕口。

另一方面，自稱田中直美的女性，嬌滴滴說著「感謝招待～～」搖晃黑色長髮。不過請客始終是手段，不是目的。雅人藏起大方態度背後的非分之想，和她走出店門。

因為是週末，所以烏賊川站前人擠人。喝醉的上班族或聯誼的大學生們大聲嬉鬧，在狹窄的人行道昂首闊步。和直美並肩行走的雅人，鼓起勇氣在她耳際低語。「要不要找個可以獨處的地方？」

「嗯，我也在想同樣的事。」

「…………」什麼？那麼打鐵要趁熱！「那麼我想想，可以獨處的地方……可以獨處的地方……」雅人在街上東張西望，其實快步朝著某處前進。最後他抵達一棟掛著紅色霓虹燈的建築物，指著形狀莫名複雜的門口。「那麼，要不要到這裡？」

「賓館啊……」直美表情有點複雜。「唔～～哎，這裡也好。」

美女以像是妥協的語氣，不情不願地答應了。既然徵得同意就不是犯罪。雅人稍微強硬拉著她入內。雖然不知道正式名稱，但雅人站在「按一下就能從琳琅滿目的客房選擇最喜歡客房的魔法面板」前面，裝蒜說著「啊～～完全不知道每一間是什麼樣的房間耶～～」卻毫不猶豫按下「鏡子房」的按鍵。雅人無視於直美「是變態……」的低語，領取鑰匙，就這麼帶她前往最高樓層。

「好啦好啦，進來吧進來吧。」

雅人主動開門，引導直美入內。但是在她身體完全進入房內的下一秒，雅人猛然關門上鎖，連門扣也扣上。這一瞬間，「捕捉完畢」四個字在他腦中閃爍。身旁的她一臉詫異，看來她到頭來根本沒想過要在最後關頭逃走。

「喔～～『鏡子房』長這樣啊～～」直美稀奇地看著鏡子房。

「沒錯，第一次來嗎？不，我當然也是第一次來。」

雅人講著無謂的藉口，走到直美身後，然後突然朝眼前連身裙的背部，以雙手輕輕「咚！」地一推，她隨即發出「呀！」的尖叫，嬌柔的身體在巨大的床上反彈一次之後躺下。連身裙裙襬掀起來，稍微露出雪白的大腿。長長黑髮在純白床單像是扇子攤開的模樣，令雅人心癢難耐，就這麼沒脫衣服，像是要壓在她身上般撲過去。這副模樣就像是朝著床上跳水的游泳選手……然而在下一瞬間！

雅人勇猛突擊，等待他的卻是往前伸的雪白膝蓋。這一腳漂亮命中好色男性的下體，將他趕入絕望的深淵。在他痛到不能動的時候，直美修長的腿繼續往上踢。雅人的身體像是被摔飛的柔道選手，劃出漂亮的弧線飛到床外。

「呀啊！」發出丟臉哀號的雅人，回神發現自己跌坐在地上。這都是一瞬間發生的事。「……為……為什麼？」

雅人不明就裡愣住。床上的直美以手指梳理凌亂的長髮。

「抱歉。我來這裡不是要做這種事。」

但雅人覺得這裡主要就是用來做這種事的。「不然是來做什麼的？」

「其實，我想和你商量一件重要的事情……北山雅人先生。」

「…………」混帳，原來她早就知道了。那我就用不著自稱「中山」了啊！

突然被揭露本名，雅人只能咬牙切齒。

二

「北山雅人，三十四歲。烏賊川市立大學畢業。在物流公司工作三年離職。後來一直轉行，現在是超市熟食區的鐘點人員……沒錯吧？」

「雖然不甘心，但完全正確。」雅人坐到床邊。「妳雇了偵探？」

「你說呢？」直美露出心機笑容說下去。「總之，我調查過你的事。不過接下來才是重點。你有個大兩歲的哥哥吧？名字是一彥，但姓氏不是北山這個菜市場姓。」

「菜市場姓真是抱歉啊。妳還不是……」

「你哥哥姓姉小路。姉小路一彥，三十六歲。『姉小路物產』社長——姉小路賢三的兒子。獨自和妻子住在市內豪宅，自己也是公司董事。總歸來說，就是富豪的繼承人。不過，你這個弟弟北山雅人卻在超商打工。差別在哪裡？」

「妳調查過應該知道吧？我是姉小路賢三和以前在特種營業工作的母親生下的孩子。一彥是正妻生的孩子。他確實是我同父異母的哥哥，但我們從來沒有自稱是兄弟。到頭來，姉小路賢三不把我當成他的兒子，我們在世間是陌生人。所以這又怎麼了？」

雅人很不高興地問完，直美突然說出意外的話語。

「其實，我想殺掉你哥。」

「呃！」雅人嚇得從床邊滑落，再度跌坐在地上。「妳說什麼？」

「我說，我想殺掉姉小路一彥。」

直美絲毫不像是開玩笑的樣子，繼續平淡說明。「雖然和你無關，但我的動機是報復。姉小路一彥在單身時代，和一名女性交往，以甜言蜜語以及金錢地位打動她的芳心。她對一彥死心塌地，但是到最後，這對一彥來說只是一場遊戲。一彥徹底玩弄她的身心之後，將她當成垃圾拋棄。心碎的女性精神出問題，在電車進站的時候跳下月台……」

「呃，喂喂喂，慢著慢著！這真的和我無關吧！」

雅人從地上爬起來，再度坐回床上。這次不是坐在邊緣，而是中央。他筆直注視前方的直美。「我不知道那個女性是誰，但總歸來說是妳重視的人吧？家人或親戚，也可能是好友或前輩……」

「是好友。」

「這樣啊。哎，是誰都好。總之，如果這是事實，確實很可憐。我由衷同情她。一彥真是一個過分的傢伙。嗯，真的很過分。如果想報復請自便。不過，為什麼找上我？」

不明就裡的雅人，指著自己的臉這麼問。一支粉紅色手機就這麼默默伸到他面前。看到畫面上的圖片，雅人愣了一下。

「唔，這是什麼？這不是我的照片嗎？幾時拍的？」

「不對。這不是你。是你哥的照片。最近的照片。」

「啊？」驚訝的雅人從她手中搶過手機，目不轉睛注視液晶畫面。在畫面中特寫的哥哥臉龐，和現在的雅人一模一樣。連雅人都誤認是自己的臉。「這……這是現在的一彥？我……我不相信。」

「沒騙你。因為這是我自己拍的。」直美滑了滑手機，展示另外幾張照片。哥哥和直美幾乎臉貼臉的自拍照。「……看吧？」

「沒……沒錯。話說回來，妳和一彥看起來很親密。你們是什麼關係？」

「姉小路一彥是我上班酒吧的常客。明明已婚卻迷上我。不過，是我主動接近才讓他變成這樣的。後來他某天自己爆料『我有個同父異母的弟弟』，還笑著說『但我不知道他現在在哪裡做什麼』。」

「笑著說啊，原來如此。」這種事一點都不重要。「……所以？」

「我很好奇，就開始找你。找你的過程意外簡單。因為我酒吧的客人認識你的母親。不過老實說，我第一次看見你的時候嚇了一跳。因為你看起來真的和你哥一模一樣！」

「原來是這麼回事。」雅人將手機還給直美。「雖然同父異母，但我們是年齡相近的兄弟，我原本就察覺兩人很像，卻不知道這麼像。」

「最近沒機會見到他？」

「嗯。以前我偶爾會觀察他們的生活。用羨慕又嫉妒的眼神觀察。不過最近已經不在乎了。一段時間沒看見，我們比以前更相像了。」

仔細想想，孩童時代的兩歲差很多，即使相像也有極限。不過彼此都超過三十五歲的現在，兄弟的容貌似乎比以前更沒差異。

果然是系出同源啊……雅人一方面如此感慨，一方面終於想到面前美女心裡打的算盤。「妳剛才說要殺掉一彥，所以，難道說，妳要我……」

「嗯，沒錯。直美沒聽完就點頭回應。「我要你成為你哥的替身。老實說，如果有黑髮美女願意當我的替身是最好的，不過像我這樣的冰山美人，就算上街找也幾乎找不到吧？」

「…………」這個女人在講什麼？

相對於詫異的雅人，直美一臉平靜。「這時候應該笑一下。」

啊啊，原來如此。「……哈，哈哈！」混帳，在這種狀況哪笑得出來啊！

「總之就是這樣，所以拜託了。你知道我說的意思吧？」

「知道。要偽造不在場證明是吧？只要有相似的替身就不愁沒方法。」

「就是這麼回事。拿出偽造的不在場證明，我就可以免於被警方追查。你不必弄髒自己的手，就可以除掉礙事的哥哥。沒有哥哥，你就再也不必躲在暗處。因為只有你繼承姉小路賢三的血統。說不定可以成為姉小路家的繼承人喔。」

確實如她所說。到頭來，姉小路賢三之所以不承認雅人是自己的兒子，是因為有正妻與一彥。但正妻已經在數年前過世，要是一彥也走了，賢三應該就不必顧慮任何人，承認雅人是自己的兒子。這麼一來，雅人的人生無疑會完全改變，也不必再到熟食區打工，將會開拓閃亮的未來。

「不，可是等等……」雅人像是要消除繽紛未來般搖了搖頭。「這種事不可能吧？替身計畫不會順利的。照片上的一彥確實很像我，不過要是和他本人做比較，肯定有某些差異。像是給人的感覺或言行之類的。」

「是啊。實際上，我近距離看見你才發現，某個地方有著明顯的差異。」

「咦，哪裡？」雅人接近直美。「我和一彥哪裡不一樣？」

「這裡喔，這裡。」直美說著指向自己的頭。

「什麼嘛，妳說頭腦啊。」雅人不悅扭曲嘴角。「是啦，一彥出身東京的一流大學，我則是烏賊川市立大學畢業。不過，這只是彼此教育環境的差距……」

「不對。不是腦袋裡的東西，我說的是……該怎麼說……那個，就是頭的外觀，應該說髮型，總之，你的髮量，那個……你沒發現嗎？」

承受憐憫般的視線，雅人極度不安。他以右手摸著自己的頭頂。「咦，妳說什麼？頭髮怎麼了？是啦，我最近也發現頭髮變少，但還不到禿的程度……」

「是嗎？可是，看得見頭皮耶？」

「妳妳妳……妳說什麼~~？」雅人一陣錯愕。既然可以透過變少的頭髮看見頭皮……「那……那不就是禿了嗎！」

「總之，如果要明講，就是這麼回事。老實說，有點像是河童。」

「騙……騙人，妳騙人！」震撼的河童發言，令雅人難掩慌張。他雙手按著自己頭頂，轉頭環視床的周圍。「鏡……鏡子……哪裡有鏡子……？」

「笨蛋。整個房間不都是鏡子嗎？」

對喔。不知道是幸還是不幸，這裡是「鏡子房」。不愁沒鏡子照頭頂。

雅人立刻以鏡子仔細檢查頭頂的狀況。相對來說擁有一頭豐盈黑髮的美女，像是自言自語般開口。「唔～～得想個巧妙隱藏禿頭的方法才行。」

——混帳，不准說我禿頭，不准！

到最後，這天晚上只講完話就和她道別。和美女一起來到這種賓館，沒能觸摸黑髮或撫摸肌膚，就這麼兩人一起走出房間。如此無意義的行為，是北山雅人這輩子第一次的體驗。

不過，在道別的時候，她只對雅人展現了一次誠意。她出示駕照，親口說出本名。田中直美這個毫無個性的姓名果然是假的。雖然叫做直美，但全名是田代直美。雅人也不再說「真美妙的名字！」這種肉麻話，只覺得她取假名的品味和自己半斤八兩。

「期待你給我好的回應。」

田代直美輕輕揮手，翻過深藍連身裙的裙襬，從雅人面前離開。她筆挺的背影逐漸消失在人群中。雅人注視左右搖晃的黑髮，內心的針已經開始往某個方向傾斜。

三

後來一眨眼就經過一週。烏賊川市再度迎接週末夜。稍微遠離鬧區喧囂的烏賊川沿岸道路，通行的車輛也不多。一輛黑色休旅車停靠在路肩。坐在駕駛座的田代直美，和上週一樣穿著像是喪服的連身裙。副駕駛座是身穿筆挺灰色西裝的北山雅人。

順帶一提，休旅車是直美的。灰色西裝也是她準備的高級品，雅人就只是聽命穿上。到頭來，雅人自家衣櫃連一套西裝都沒有。

另一方面，依照直美的說明，姉小路一彥這幾年外出時，都只穿灰色西裝的樣子。工作的時候不用說，到直美酒吧喝酒的時候也是如此。私下和她見面的時候，也千篇一律地穿著灰色西裝。

「好像是在模仿史蒂夫·賈伯斯與歐巴馬總統的作風。」

「也就是說，現在的我和平常的一彥一模一樣。」

「除了某部分。」

直美挖苦說著，斜眼看向雅人的頭。雅人像是要迴避不舒服的視線，在狹窄的副駕駛座扭動。成為懸案的頭頂部位，還沒有進行任何加工。

「不過放心，別在意。我拿了好東西過來給你。」

直美取出像是藥瓶的白色容器，以及像是殺蟲劑的噴霧罐。

「那是什麼？」雅人皺眉詢問，一旁的直美得意洋洋地開始說明。

「沒在電視上看過嗎？這個白色容器裝了魔法粉。把這個東西像這樣，直接朝著稀疏的頭頂灑下去……」

話還沒說完，她就打開容器拿到雅人頭上。黑色粉末從正上方灑落，雅人立刻陷入恐慌。「嗚哇哇哇，妳……妳做什麼啊！這是什麼？香鬆嗎？這是海苔香鬆嗎？」

「就說是魔法粉了。」

「笨蛋笨蛋！這個世界哪有魔法這種東西？」

「真是的，你很吵耶。」直美噘起嘴，接著突然將噴霧罐朝向雅人，朝著亂躲的雅人頭頂二話不說按下按鈕。像是毒霧的東西猛然噴射，籠罩他的頭頂。雅人再度陷入恐慌。「這次是什麼？殺蟲劑嗎？可惡，我是蟲嗎？我是害蟲嗎？」

雅人扭動掙扎，旁邊的直美卻是一臉滿足，從置物盒拿出兩枚鏡子遞給他。

「來，仔細看看自己的頭吧。」

「唉，真是的，這是怎樣啊……」雅人輕聲表達不滿，依照吩咐使用兩枚鏡子觀察自己的頭頂。他立刻發出感嘆的聲音。「喔喔，這……這是，怎麼回事？遮住了。直到剛才都從頭髮縫隙隱約露出的頭皮，現在被某種黑色的東西漂亮遮住了！」

「怎麼樣，厲害吧？」直美將白色容器與噴霧罐交給他，得意洋洋地說明。「黑色粉末灑在頭髮變少的部位，再用噴霧罐吹一下。光是這樣，禿的部位就像是戴上假髮一樣烏黑。是現在很受歡迎的遮禿神器喔！」

「……不准說我禿！」雅人無論如何都會對這個字起反應。「到頭來，我沒有禿到要遮的程度。只是頭髮少了點……不過，這樣也好。總之這麼一來，我的外表就和一彥完全一樣了。對吧？」

「嗯，很完美。無論誰怎麼看，從前面還是上面看，你都是姉小路一彥。」

「…………」總覺得這番話是在揶揄，是自己多心嗎？雅人輕聲嘆氣，斜眼看向駕駛座，直美的側臉是冷靜到令人發毛的表情。雅人以一反往常的嚴肅語氣詢問。「今晚，真的要下手吧？」

「嗯，要下手。按照計畫進行。」

依照計畫，直美接下來要開自己的車到烏賊川站前。一無所知的一彥在那裡等待。他將坐上直美的車，兩人就這麼在深夜兜風前往遠離市區的盆藏山。直美在那裡隨便謊稱「有個夜景很漂亮的祕密景點」，引誘他到山崖上，再找機會朝他毫無防備的背……一推！然後直美開自己的車回到市區。簡單來說，就是這樣的流程。直美犯案的這段時間，雅人當然要飾演「姉小路活著的樣子」，為直美偽造不在場證明。

「你該不會怕了吧？」

「沒……沒那回事。我也是以自己的意願決定這麼做。沒有迷惘。」

「是喔。」直美點點頭，以微弱的音量回應。「謝謝。你幫了大忙。」

「別別別……別誤會喔。我我我……我並不是在幫妳報仇！」雅人不知為何慌張得不得了。「妳……妳無論要報仇還是做什麼，都和我無關。我始終是為了自己的私人利慾接下這個工作。我要擺脫暗無天日的生活！」

「是喔。那就好好完成吧。」

「嗯。妳才要好好完成喔。」

雅人與直美很有默契地伸手緊握。什麼嘛，居然只是握手？這種時候不是要來個預祝成功的香吻嗎？雅人難免感到不滿，卻也覺得進一步要求的話很膚淺。

「那麼，我出發了。」

雅人打開副駕駛座車門，衝到路面。直美從後方叫住他。「啊，等一下！」

——喔，怎麼啦，什麼事？果然要來個預祝成功的香吻嗎？要親一下嗎？

雅人懷抱淡淡的期待轉身。

不過，直美指著他西裝鼓起來的口袋，冷靜詢問。

「魔法粉跟噴霧罐留下來吧？已經用不到了吧？」

四

——可惡，本來想說等這次事件順利結束之後，我就要偷偷列入愛用產品名單，不過算了，反正肯定能在網路或精品百貨店買到一樣的東西。

雅人捨不得沒能入手的魔法物品，一個人晃啊晃的走在沿岸道路。終於走到鬧區外圍時，眼前出現一間咖啡廳。不是年輕人喜愛的咖啡廳，是早期咖啡廳那種素雅的店面。招牌以瀟灑的藝術字體寫著「二刀流」。

開門入內一看，微暗的店內座位大約五成滿。有拿著咖啡杯談笑的年輕女性們，也看得見單手拿啤酒杯讀書的老人。這裡似乎是享受得到咖啡與酒精飲料的店——所以才叫做二刀流吧。

如此解釋的雅人，坐在店裡最深處的桌位。不久，一名熟齡男性前來點餐，似乎是這間店的店長。「歡迎光臨。」

「………」——啊啊，不行不行！北山雅人，別低頭！

雅人訓斥消極的自己，鼓起湧起抬起頭，筆直注視店長。這是要讓店長記住他，正確來說是記住「姉小路一彥」。雅人裝模作樣整理好灰色西裝的領子，說著「嗨，今晚好冷」這句一點都不重要的感想。接過價目表當場打開，映入眼簾的是「本店特製，二刀流雞尾酒」的粗體字。嗜酒的雅人喉頭瞬間發出不檢點的吞嚥聲。

——二刀流雞尾酒？這是什麼？

「哎呀，您沒喝過嗎？『二刀流雞尾酒』，我很推薦喔。是用咖啡利口酒當底的偏甜雞尾酒，可以同時享受咖啡與酒的風味，真的是二刀流……」雅人明明沒問，愛講話的店長卻逕自說明。

聽店長親切的語氣，可以確認他完全將雅人誤認為常客一彥——很好很好，完全沒被發現！

「那麼，給我這個……」鬆一口氣的雅人，不小心點了「二刀流雞尾酒」。但是在下一瞬間，「啊啊，不對不對，不是二刀流！」他連忙收回前言，重新點單。「我……我要一刀流！請給我普通的咖啡！」

「啊？」熟齡店長一臉疑惑，從上方俯視雅人。「特調咖啡是吧，好的，請稍待。」他說完離開雅人桌旁。

「呼……」雅人暗自放下心中的大石頭，以溼毛巾擦拭額頭的汗。好險。絕對不能在這裡貿然攝取酒精。因為明天早上，一彥的屍體被發現的時候，絕對不會驗出體內有酒精成分。

店長端著熱騰騰的咖啡，再度來到雅人桌旁。店長將夾著帳單的板夾蓋在桌上，說聲「請慢用」就再度回到吧檯後方。

雅人喝著上桌的特調咖啡，看向牆上時鐘。時鐘指針顯示現在是晚上八點。再一個小時。到了晚上九點，真正的姉小路一彥會在遠離這裡的盆藏山離奇墜崖身亡。田代直美將順利報復成功，為已故好友出氣。另一方面，為了讓直美的假不在場證明牢不可破，雅人預定要在這間咖啡廳至少待兩小時。「也就是說，要到晚上十點嗎……」

這段時間不准任何人過來搭話！雅人散發拒人於千里之外的強烈氣息，從口袋取出文庫本開始閱讀。很少閱讀紙本書的他，一直閱讀到晚上十點整，就此結束。因為十點是這間店的打烊時間。

就這樣，順利飾演姉小路一彥的北山雅人，走出咖啡廳之後，再度行走在烏賊川的沿岸道路。抵達四下無人的公園，他將手伸進草叢，從密集的杜鵑花叢拉出一個大背包。裡面裝著換裝用的衣物。雅人在公共廁所隔間裡脫下高級西裝，換上牛仔褲加薄羽絨外套。走出隔間站在鏡子前面一看，富豪繼承人的模樣已經不復見，只看得見一個不起眼的三十歲男性。

「好，怎麼看都是原本的我。」

雅人將脫下的西裝塞進背包，背起背包走出公園。接下來要為他自己製造不在場證明。他已經預先想好方法。雅人繼續走在沿岸道路，抵達一間連鎖餐廳。時鐘指針已經快要走到晚上十點半。一踏入店內，熟悉的臉孔前來迎接。

「歡迎光臨……啊，喲，什麼嘛，是北山啊。」

親切打招呼的人，是雅人從學生時代認識至今的好友——川島俊樹。川島原本就職的公司破產之後，改在這間店擔任深夜計時人員。川島帶雅人來到靠窗座位，放上菜單，進行制式對應。「決定點餐之後，請按這邊的按鍵。」但他準備離開桌邊的下一瞬間，朝雅人投以疑惑的視線。「咦，北山，你給人的感覺好像和平常不一樣？」

「啊？你說不一樣是怎麼回事？哪有什麼不一樣的……啊，我去個廁所。」

雅人立刻起身，若無其事走向廁所。確認裡面沒人之後，立刻站在洗臉台前面，將水龍頭開到最大，雙手用力刷洗自己的頭頂。「可惡，笨蛋笨蛋！說什麼『原本的我』，魔法明明還在我的頭上啊！天啊，危險危險！」

真的是藏頭不藏尾……不，有點不一樣。無論如何，雅人對自己的大意感到傻眼。即使如此，他還是勉強逃離危機，進入隔間平復一下心情。他一邊以手帕擦拭溼透的頭髮，一邊坐在馬桶上，此時手機突然有人來電。

「喔，這不是直美嗎？」

雅人將手機抵在耳際。電話另一頭傳來的直美聲音，和平常一樣冷酷。

『是我。那邊怎麼樣？』

「很順利。不，雖然出了點狀況，不過沒問題。那邊呢？」

『嗯。解決了。按照計畫。』

冷淡的回應令雅人發毛——解決了？真的？

雅人拿手機的右手微微發抖。「妳現在在哪裡？還在岔藏山？」

『不，我按照計畫在晚上九點解決，後來立刻回到市區，現在在朋友開的深夜酒吧。預定會在這裡待到天亮。』

「我在連鎖餐廳。我也會假裝喝醉，在這裡待到天亮。」

這麼一來，兩人的不在場證明肯定很完美。雅人如此確信。在咖啡廳「二刀流」待到晚上十點的姉小路一彥，如果因故在岔藏山摔死，無論怎麼計算，都只可能發生在晚上十一點後。因為從烏賊川市區到岔藏山，車子開得再快也要一小時。那麼，晚上十點半還在市區連鎖餐廳或小酒吧待到天亮的雅人與直美，完全不可能在岔藏山犯案。

因此兩人的不在場證明成立。警察絕對查不到他們兩人。
「直美，成功了。」雅人在隔間愉快地說。「我們做得挺順利的嘛。」
不過，隔著手機的直美聲音很慎重。
「不，北山，現在高興還太早。接下來才是真正的勝負關鍵——」

五

「姉小路物產」的董事姉小路一彥，被人發現在盆藏山墜崖身亡。這個消息在事件發生隔天傳遍當地媒體。
依照當地報紙的報導，屍體大約在早上七點發現。附近農家的老人發現一名西裝男性倒臥在山崖底下。雖然立刻報案，但男性已無呼吸心跳。警方從意外與他殺兩方向進行搜查……話是如此，不過從報紙與電視報導來看，沒人認為這是單純的意外。
在烏賊川市內，人人都在說姉小路一彥是「因為公司內部鬥爭而滅口」或是「和黑道撕破臉被殺」或是「被女人推下山崖」等等。第三個說法完全正確，雅人只能佩服世間傳聞意外地不容小覷。
案發三天後的白天，雅人從超市下班回家途中，感覺背後有奇妙的視線——

難道有人跟蹤？

冒出不祥預感的雅人，不管三七二十一拔腿就跑，高速過彎之後緊急煞車，一個轉身「哇！」地大喊，追過來的兩名男性隨即「哇啊啊啊啊！」「咿呀啊啊啊啊！」地發出有趣的哀號，一屁股摔倒在路邊。雙人組之中，年輕的男性身穿不起眼的西裝，年長的男性穿著某熱門漫畫裡知名刑警所穿，通稱「錢形大衣」的褐色大衣。雅人一看見他們，就想到他們的真實身分。

「你們是怎樣？找我有什麼事嗎？」

雅人為求謹慎如此詢問，正如預料，穿錢形大衣的中年男性一邊起身，一邊說「我們不是可疑人物，是烏賊川警局的人」出示警察手冊。「是北山雅人先生吧？關於姊小路一彥的死，我們想問幾個問題。」

「啊啊，原來是警察，恕我剛才失禮。」雅人乖乖低頭，裝出同情的表情。「我看到新聞也嚇了一跳，因為太突然了。而且可能是他殺。嗯，我當然不吝協助搜查，請務必抓到真凶……不過，在這裡不太方便，到附近的咖啡廳聊吧。」

「喔，『二刀流』嗎？」

「呃！」突然挨了這顆擦邊球，雅人瞬間語塞。「不……不是那間！」

「嗯？你說『不是那間』是什麼意思？」中年刑警試探般看向雅人。「我只不過說了『二刀流』啊？」

「……唔！」確實如此。中年刑警沒說「二刀流」是咖啡廳的店名。這時候的模範解答是裝傻問「這是什麼意思？」或反問「咦，剛才你說什麼？」或是撒謊說「大谷怎麼了嗎？我從一開始就舉雙手贊成他用二刀流喔」，應該是這三個選項之一。但雅人清楚回答「不是那間」。這樣等於承認自己知道這間叫做「二刀流」的咖啡廳。

——可惡，這個中年刑警，或許意外地有兩把刷子！

雅人在內心咂嘴，拚命裝出笑容。「哈，哈哈，刑警先生，您不知道嗎？鬧區外圍就有一間咖啡廳取這個奇怪的名字喔。不過，我常去的不是那間，是距離這裡不遠的『永久欠番』。」

雅人好不容易敷衍過去，帶刑警們進入咖啡廳「永久欠番」。坐在四人座之後，兩名刑警重新自我介紹。穿錢形大衣的中年刑警是砂川，頭銜是警部，另一名年輕男性是志木刑警。三人都點了咖啡，然後開始偵訊。先開口詢問的是砂川警部。

「姉小路一彥死亡的消息，你是什麼時候從哪裡知道的？」

「我隔天看電視新聞知道的。我當然嚇了一跳。因為雖然同父異母，但我姑且應該叫他哥哥……話是這麼說，但我們幾乎毫無關係就是了。」

「並不是毫無關係吧？不愧是兄弟，兩位長得很像。我第一次看見的時候也嚇了一跳，真的是同一個模子印出來的。」

除了某部分對吧？雅人在內心自虐低語。砂川警部的視線從剛才就數度投向雅人頭頂。今天他的頭頂當然也沒灑那個魔法粉。雅人像是要甩掉冒昧視線般搖了搖頭。

「我最近完全沒見到他，所以不清楚我們像不像。」

雅人努力裝傻，他面前的砂川警部突然改變話題。

「聽你剛才所說，你知道『二刀流』這間咖啡廳，那麼你實際去過嗎？」

「不，沒有。只知道店名。不，至少曾經經過店門口吧……話說刑警先生，您動不動就提到『二刀流』，我哥死在盆藏山，和這間咖啡廳有什麼關係嗎？」

對於雅人這個試探性的問題，這次是年輕的志木刑警出示手冊回答。

「姉小路一彥是『二刀流』的常客。而且在死亡當天晚上也去了那間店。依照店長的證詞，一彥大約在晚上八點光顧，在店裡待到打烊的晚上十點。如果這是事實，那麼一彥在山上墜崖身亡，最快也是晚上十一點以後的事……」

「所以我想請教一下。」砂川警部接話詢問。「案發當晚的十一點之後，你在哪裡做什麼？」

「哎呀，調查不在場證明嗎？也就是說，我也是殺害哥哥的嫌犯之一？哎，好吧。」刑警的問題在預料之中，雅人內心鬆了口氣，然後從容說出預先準備的台詞。「那天晚上，我在河岸的連鎖餐廳『烏賊天國』。那間店是二十四小時營業，我一直在那裡喝酒到天亮，然後醉到睡著。如果覺得我說謊，請詢問一名叫做川島的男店員。」

「喔，原來如此。這個不在場證明真是再恰當不過了。」

警部像是在暗示這番說詞過於完美。雅人心情不禁變差。

「有什麼疑點嗎？」

這個問題引得志木刑警再度開口。

「後來我們繼續詢問『二刀流』的店長，他提到一件奇妙的事。案發當晚的一彥，給人的印象和平常不一樣。店長說，總覺得一彥的頭頂和以往不一樣。」

「頭……頭頂……」直接點明部位，雅人一陣錯愕。

明明完美遮掩禿頭，但果然被看穿了嗎？黑色粉末加上噴霧的魔法，還是瞞不過店長的眼睛嗎？店長能夠近距離注視頭頂，只有點餐與端咖啡過來這兩次機會，兩次的時間加起來，也只有短短不到幾分鐘才對……

店長的卓越觀察力令雅人佩服不已。即使如此，他依然鼓舞差點受挫的心，拚命試著反駁。

「可是刑警先生，店長也沒有盯著客人的頭頂看吧？這麼一來，他也只是留下模糊的印象吧？」

「這部分，你說的一點都沒錯。」砂川警部含糊點了點頭。「不過，店長的印象或許還是正確的。也就是說，案發當晚出現在『二刀流』的男性，無法否認可能是酷似被害者的另一個人。」

「無法否定……」可惡，我受夠這種心理戰了！按捺不住的雅人開門見山地詢問。「我知道了。總歸來說，刑警先生猜測這個酷似被害者的男性是我吧？那您有證據嗎？我的指紋有留在那間店嗎？」

「不，我們調查過案發當天的帳單，那張帳單只驗出店長的指紋。可是，不覺得很奇怪嗎？先不提有沒有你的指紋，至少帳單上應該留著一彥的指紋才對。但是沒有。就像是某人在結帳之前將帳單擦得乾乾淨淨。」

「這樣啊。但我不認為哪裡奇怪。如果手拿的是板夾，就不會在帳單留下指紋。一彥肯定也是這麼做吧。板夾很多人摸過，所以一彥的指紋自然消失了。應該是這麼回事吧？」

「原來如此，確實有可能。不過北山先生……」砂川警部隔著餐桌注視雅人的臉。「你居然知道『二刀流』的帳單是夾在板夾上。但你剛才說沒去過那間店啊？」

「咖……咖啡廳的帳單，大致都會拿板夾之類的東西夾著……您看，就像這樣。」雅人拿起桌上「永久定番」的帳單，遞到刑警們面前。

砂川警部將帳單連同板夾收下，轉交給志木刑警。「咦～～我買單嗎～～」年輕刑警明顯表達不滿。

「那麼，我就此告辭……」雅人一副隨時要起身的樣子。「我再問一個問題就好。」砂川警部豎起食指追問。「案發當晚八點到十點，你在哪裡做什麼？」

關於這段時間，老實說，雅人沒有好好準備答案。因為他當時偽裝成一彥待在咖啡廳「二刀流」，所以即使想準備自己的不在場證明也準備不了。

雅人扔下這段話做為回答。

「我……我哪記得，大概在某條街上閒晃吧！」

六

雅人將帳單塞給刑警們，衝出咖啡廳「永久欠番」，就這麼直接返家，立刻拿起手機打電話給田代直美。等待數秒後，熟悉的聲音接聽了。『喂，我是田代……怎麼了，發生什麼事嗎？』

「我是北山……就在剛才，烏賊川警局的刑警找上我。是兩人組，叫做砂川的資深警部，還有一個年輕刑警，我想想，叫什麼來著？感覺像是埼玉縣某個不起眼的站名還是市名，就是那個……」

『應該是志木市。他是志木刑警吧？這兩人昨晚也來過我店裡。』

「這樣啊。他們問了什麼？」

『主要是我和一彥的關係。我回答是酒吧顧客與店員的關係，但他們應該不相信吧。他們還問了案發當晚的不在場證明，所以我樂於回答了……你那邊被問了什麼？沒有不小心說漏嘴吧？』

「不，那個，其實……」

雅人將剛才和刑警們的對話詳細告訴直美。包括被砂川警部套話而犯下幾個失誤，他一五一十告知。電話那頭的直美默默聽他說明。雅人懷抱著不安詢問。

「……就是這麼回事。直美，妳認為呢？我們實行的替身手法，該不會完全被警方看穿了吧？」

『有可能。』電話另一頭的直美聲音平淡。

「居然說『有可能』……喂喂喂！這是妳提議的耶！」感覺被推落谷底的雅人，忍不住輕聲說出喪氣話。「啊啊可惡！到頭來果然不可能的。這是當然的，就算再怎麼像，我們依然不一樣。雖然穿上高級西裝，把變少的頭髮掩蓋掉，不過就某些人看來還是假扮的，我早就隱約察覺這一點了。實際上，那個店長就看穿我的偽裝……」

『你在囉唆什麼？振作點。接下來才是勝負關鍵！』

「啊？哪有什麼『接下來』，勝負早已分曉……」雅人說到一半，忽然冒出疑問而閉口。為什麼直美還能這麼冷靜？

雅人原本就覺得她是冷酷的女性。不只是外表，內在也很冷酷。不會變得激動或是情緒化。即使在賓館快被推倒在床上的時候，她也以冷靜沉著的膝蓋攻擊迴避危機。不過即使是這樣的她，肯定也只有這次很難冷靜。因為是自己殺人計畫是否見光的緊要關頭。雅人還好，因為雅人在這個事件始終只是共犯，但是主謀直美不一樣。她親手送一彥歸西，成功為好友報仇。無論動機為何，只要犯行被揭露，肯定會被判處重刑。即使如此，她洋溢的這份從容究竟是……？

「喂，直美。」雅人懷抱期待詢問。「妳有什麼妙計嗎？」

『有。但是不到妙計的程度就是了。到頭來，你假扮的成功率就不高，老實說，我本來就不期待。演變成這樣在我預料之內。』

「預……預料之內？妳本來就不期待？」

既然這樣，我那天晚上冒著冷汗努力假扮一彥，究竟是為了什麼？雅人好想這樣大喊，但現在不是吵架的時候。雅人像是抓著最後一根稻草般握緊手機。

「直美，有妙計就告訴我吧。我接下來該怎麼做？」

直美隨即以更勝於以往的冷酷聲音告知。

「北山，你去警局吧，然後在刑警們面前自白。」

「居然是自首嗎～～這就是最後的妙計嗎～～這樣確實會從輕量刑啦……」

雅人過於失望，好想扔下手上的手機。

不過在這個時候，他的手機再度傳來直美的聲音。

「笨蛋，誰叫你自首了？是自白啦，自白。你要在刑警們面前這麼說。我要說了喔，給我把耳朵挖乾淨，好好聽清楚……」

直美教雅人如何「自白」。雅人沒有挖耳朵，但他專心聽直美說明，沒漏掉任何一字一句。

「妳……妳說什麼？」直美說的內容，完全超乎雅人的想像。

七

隔天，在烏賊川警局的偵訊室，北山雅人一臉嚴肅坐在椅子上。坐在桌子對面的是砂川警部。因為在室內，所以今天沒穿大衣。志木刑警站在警部背後，低頭看著雅人。安靜的偵訊室響起警部的低沉聲音。

「……所以，究竟是怎麼回事？昨天假裝和案件無關的你，為什麼今天突然跑來自首？」

砂川警部的語氣和昨天完全不同，是對罪犯施壓的語氣。雅人拚命想解開警部的誤會。「不是自首，是自白。我只是來講真話而已。昨天的我確實說了謊，我對此致歉。」

雅人率直低頭。警部和站在旁邊的志木刑警詫異相視。

「這是什麼意思？請講得淺顯一點好嗎？」

「好的，其實……」雅人筆直注視面前的警部。「各位刑警懷疑得沒錯。案發當晚，出現在咖啡廳『二刀流』的灰色西裝男性，那個人不是哥哥一彥，是假扮成哥哥的我。」

這一瞬間，警部露出滿意的表情。「好，我知道了。」他點頭之後，立刻朝背後的部屬下令。「正如我的推測，這個人果然是凶手那邊的人……喂，志木，逮捕這個人，逼他供出主謀！」

「收到。」志木刑警拿著手銬，慢慢接近雅人。

「哇哇，等一下，請等一下！」雅人慌張搖手，推開接近過來的年輕刑警。「請聽我說完。那天晚上，我確實假扮成哥哥，在咖啡廳打發時間。但我什麼都不知道。我只是被拜託說『我給你錢，可以照我說的去做嗎？』這樣。我詢問原因，得到的回答是『女人』，所以我籠統解釋成『啊啊，是製作外遇的不在場證明吧』，沒有繼續想太多。老實說，我很缺錢，而且既然被低頭拜託，我也不方便拒絕……但我做夢都沒想到會是這樣……」

「唔，你等一下……女人？我聽不太懂你在說什麼。」

砂川警部隔著桌子，注視雅人詢問。「總歸來說，拜託你當替身的人物究竟是誰？」

雅人停頓片刻。「是我哥。姉小路一彥。」

他按照計畫說出假的證詞。這正是直美傳授的妙計。

「你說什麼？」「是一彥？」這一瞬間，砂川警部與志木刑警驚聲說。

志木刑警一臉難以置信地反問雅人。「喂喂喂，姉小路一彥是被害者，但你說一彥拜託你當替身？這是怎樣？」

「我……我不知道啊，我只是照他的要求去做而已……」

雅人始終扮演「一無所知，只知道聽哥哥吩咐的笨弟弟」這個角色。

砂川警部見狀，像是無可奈何般搖頭。「喂，志木，對他抱怨應該也無濟於事。看來他只不過是個『一無所知，只知道聽哥哥吩咐的笨弟弟』。」

你說誰是笨弟弟啊！雅人差點忍不住上鉤頂嘴，幸好在最後關頭克制住。這時候應該忍氣吞聲，收下「笨弟弟」這個劣評。

雅人握拳不說話。年輕刑警看著他，再度詢問長官。

「警部，究竟是怎麼回事？一彥應該是被害者，卻主動拜託弟弟扮演替身。所以說，這是……？」

「嗯，答案只有一個……對喔，原來是這樣！」

砂川警部深深點頭，接著毅然抬頭，對部屬下達新的指示。「喂，志木，帶那個女的過來。就是在那間酒吧工作的女人……對，田代直美。」

八

後來經過一段時間，夜幕即將低垂的偵訊室裡，案件關係人北山雅人與田代直美都到了。當然，雅人即使看見身穿熟悉連身裙的直美，也裝出「這個女的是誰？」的態度。另一方面，原本以為直美看見雅人也會露出「這個男的是誰？」的表情，卻意外不是如此。「一彥先生……？」她目不轉睛看著雅人輕聲說。確實，雅人長得和一彥一模一樣，所以這個反應才正確。直美無懈可擊的舉止令雅人佩服。

砂川警部為「首次見面的兩人」介紹彼此。兩人裝出首次見面的樣子，尷尬地打招呼。在這樣的狀況中，志木刑警一副不明就裡的表情，呆呆站在偵訊室一角。看來只有砂川警部掌握詳情。他一屁股坐在椅子上，隔著桌子看向雅人與直美。

「那麼……」砂川警部向雅人說話。「你剛才說的那些，麻煩再說一次。在這名女性面前再說一次。詳細說明誰拜託你做了什麼。」

──刑警先生，你在講什麼啊？她比任何人都清楚這件事喔，因為這都是她編出來的謊言！

雅人在心中盡情發洩，但是在警察面前不能揭露真相。他裝出嚴肅表情，重複剛才的謊言。「案發當晚，我假扮成哥哥到咖啡廳『二刀流』……是的，這都是哥哥拜託我的……」

說來當然，但旁邊的直美聽著雅人的說明，露出像是第一次聽到這件事的表情。原來在我不知道的地方發生過這種事！她一臉打從心底驚嘆的樣子。如此寫實的演技，反倒是雅人打從心底驚嘆。

──真是的，這個女人絕非等閒之輩！

在這樣的心境下，雅人說明完畢。「好啦，你們兩位……」寧靜的偵訊室再度響起砂川警部的低沉聲音。聽到這句話的雅人，總算理解到警部試著當場解析這個案件。雅人嚥了一口口水。坐在旁邊的直美也一臉緊張。面對這樣的兩人，砂川警部緩緩開始說明。

「當初，我們認為案發當晚出現在咖啡廳『二刀流』的高級西裝男性是姉小路一彥。這麼一來，晚上十點走出店門口的一彥，如果基於某些原因去盆藏山，在那裡墜崖喪命，肯定要一個小時左右。這麼一來，行凶時間就是晚上十一點以後的事。我們是這麼判斷的。另一方面，田代直美小姐，妳在這段時間有完美的不在場證明。妳在案發當晚的十點半左右，出現在朋友的酒吧，就這麼在那間店待到天亮。和妳在一起的朋友與客人們可以作證。所以，我們不得不判斷妳不是凶手……」

直美點頭回應，警部繼續說明。

「不過，『二刀流』店長的證詞，也有令我在意的部分。他說一彥看起來和平常不太一樣。在這個時候，我們查出一彥有個同父異母的弟弟，前去找這個弟弟。實際見面就發現，這個弟弟和一彥像到讓人誤以為是一彥本人，使得我們腦中產生一個疑惑。案發當晚出現在『二刀流』的或許不是一彥，是弟弟。」

然後，砂川警部瞥向雅人。

「再來就是他剛才說的。妳聽到了吧？依照他的自白，出現在『二刀流』的高級西裝男性果然不是一彥，是假扮成一彥的北山雅人。這麼一來，事件的狀況就完全不同。一彥不是在晚上十一點之後，而是可以更早抵達盆藏山。他在那裡和某人見面，發生一些糾紛之後墜崖喪命。即使時間是晚上九點左右也一點都不奇怪……田代直美小姐，妳說是吧？」

砂川警部將臉湊過來如此詢問，這股魄力令直美露出害怕的模樣。這究竟是裝的還是真的，雅人已經無法判斷。警部繼續說下去。

「假設犯案時間是晚上九點左右，那麼田代小姐，妳也做得到。晚上九點左右將一彥推下山崖之後，只要車子開快一點，妳一個小時就能回到市區，從容在晚上十點半到朋友的酒吧露面。田代小姐……」

砂川警部再度將臉湊向直美，加重語氣發問。

「差不多可以說出真相了吧？在岔藏山將一彥推落山崖的人，是妳吧？」

「…………」直美低著頭，連聲音都發不出來的樣子。肩膀微微顫抖。

九死一生的危機！雅人情急之下微微起身，反駁警部。「請……請等一下，刑警先生，我完全聽不懂。您說這個女人是凶手？不，這個，嗯，總之……」

總之，老實說，這是事實。將姊小路一彥推落山崖成功報仇的人，當然是田代直美無誤。問題不在這裡，那麼……在哪裡？對了。「問題在於不在場證明。拜託我當替身的是一彥。這不是很奇怪嗎？如果她是凶手，為什麼反倒是一彥要偽造不在場證明？而且是證明她清白的不在場證明……」

「嗯，這一點正是本次案件的關鍵。偽造不在場證明的主謀，反而是被害者一彥。從這個神奇的事實，只能推論出一個真相。」警部豎起食指斷言。「也就是說，姊小路一彥企圖殺害田代直美。」

「您……您說什麼？」雅人打從心底驚訝大喊。

因為，雅人雖然由直美親口傳授妙計說出那樣的謊言，卻沒有清楚理解到，這麼做對整個案件造成什麼影響。直美恐怕也認為「反正對這個男的說明也沒有用」吧。她只有口頭傳授雅人如何說謊，讓雅人就這麼對警方說謊。如此而已。

不過，沒想到，居然成為如此超乎預料的演變！

自己說的謊擁有此等影響力，雅人驚愕不已。呆呆站在他背後的志木刑警，歪著頭納悶開口。「警部，這是怎麼回事？姉小路一彥不只是受害者，其實也是凶手？」

「沒錯，志木……什麼嘛，原來你還不懂？」

砂川警部露出傻眼表情，對部屬說明。「這是典型的殺人反被殺。」

殺人反被殺。這個詞響遍偵訊室的瞬間，低頭的直美側臉咧嘴露出邪惡的笑容。察覺到這張笑容的雅人，首度正確理解到這次的案件。

這不是殺人反被殺。是偽裝成殺人反被殺的普通凶殺案！

一無所知的砂川警部，開始對部屬說明這次的案件。

「姉小路一彥企圖殺害田代直美。這裡刻意不提行凶動機。這是死者一彥和田代直美之間的隱私。你大致想像得到吧？」

志木刑警點了點頭。「是感情糾紛吧？」他如此明講，害得警部的顧慮化為烏有。警部擺出苦瓜臉說下去。

「哎，就是這樣。不過如果直接殺掉，一彥立刻會成為懷疑的焦點，所以他心生一計。他請酷似自己的弟弟北山雅人當替身，在市區偽造不在場證明。這段時間，一彥自己在盆藏山將田代直美推落山崖殺害。就是這樣的計畫。總之，這個詭計本身很單純。到了案發當晚，北山雅人穿著高級西裝，光顧咖啡廳『二刀流』。店長看到這樣的北山雅人，姑且相信是姉小路一彥。」

「而且覺得只有頭頂不太一樣。」

「沒錯。另一方面，在同一時間，真正的一彥和田代直美，正在盆藏山的山崖上。兩人應該是開她的車上山。只要一彥邀約『用妳的車兜風上山吧』，田代直美肯定毫不懷疑就接受這個提議。」

直美點頭回應警部的獨斷推理。警部心情大好。

「不過接下來才是問題。抵達現場山崖之後，兩人下車了。田代直美一無所知，站在扶手旁邊，從山崖上面欣賞風景。一彥抱持殺意悄悄從後方接近，企圖朝她背後用力推下去。但她在緊要關頭察覺氣氛不對，一個翻身，撲空的一彥在扶手前面失去平衡……總之，這始終是我的想像，不過大致是這個感覺吧，田代直美小姐？」

「是……是的。刑警先生說得沒錯……我在那一瞬間察覺，他約我來到這座山崖上面，是為了殺我……在恐懼的驅使之下，我不顧一切朝他撞上去……失去平衡的他被我這麼一撞，朝著扶手外側倒下……轉眼就摔落山崖……」

直美仰望半空中，雙眼顫抖，彷彿當時的光景在眼前重現。實際上是一彥站在扶手旁邊，直美朝他背後用力推下去。應該是如此單純至極的殺人吧。不過直美以巧妙的謊言與高超的演技，把自己打造成被害者。

事到如今，雅人對她惡魔般的智慧感到戰慄。

「妳把一彥推落山崖之後呢？」

「開始害怕的我，開自己的車回到市區。我也不太記得走哪條路回來，回過神來就回到烏賊川市內了。我把車子停在自己公寓的停車場，然後走到朋友的酒吧。不是想製造不在場證明什麼的，只是想找人陪我。」

「這樣啊。不過在妳這麼做的時候，一無所知的北山雅人，假扮成還活著的一彥，在咖啡廳一直待到晚上十點的打烊時間，以結果來說，妳在自己沒察覺的狀況下，建立了完美的不在場證明。」

「原來是這樣……我完全不知道……」直美說完低下頭。

「唔～～原來如此。」志木刑警發出感嘆的聲音。「一彥原本為自己偽造的不在場證明，因為自己反過來被殺，轉而成為她的不在場證明。能夠輕鬆看穿真相，不愧是警部！」

「沒什麼，反殺命案是很常見的事件，沒什麼好驚訝的。」

謙虛回應的警部，臉上露出「多誇我幾句」的笑容。
此時，坐在椅子上低頭的美女，以微弱的聲音顫抖詢問。
「刑警先生……我會被判刑嗎……無論過程如何，我確實親手把他推落山崖……這樣是殺人吧……？」
「不，妳不用擔心。」砂川警部突然散發出人情刑警的氣息，輕輕將右手放在低頭的直美肩膀。「這個案子肯定會被認定是正當防衛。妳為了保護自己而抵抗一彥。雖然因為剛好在山崖上，招致這個悲慘的結果，但妳沒有罪過。錯的人是企圖殺害妳的姉小路一彥。」
「謝……謝謝您……」直美發出啜泣聲，以指尖拭淚。
雅人只能抱持驚嘆的心情，注視她流淚的側臉。
一彥計畫的「預謀殺人」。相對的「反殺殺人」。如此造假而成立的「正當防衛」。最後的「無罪」判定。這正是直美想到的妙計。
看來這個企圖確實成功了。如今砂川警部也完全處於同情她的立場。如果這裡沒有其他人，應該會響起直美發自心底的愉快笑聲吧。
「唔，請等一下。那我呢？」雅人忽然回神，詢問警部。「我會被判刑嗎？以結果來說，我是哥哥殺人計畫的幫手……」
「唔～～你的狀況有點難說。到頭來，你主張自己完全不知道一彥的殺人計畫就幫這個忙，不過這個說法本身就很可疑。其實你也可能是全部知道之後答應幫這個忙……」

——可惡，這個刑警，只會針對我這樣懷疑！

雅人咬牙切齒，砂川警部朝他咧嘴露出壞心眼的笑容。「不過無論如何，你的罪也不會太重。因為到頭來，一彥的殺人計畫以未遂收場。沒有人因為你而喪命。」

警部只是隨口這麼說，不過雅人覺得胸口被捅了一刀。實際上，一彥是因為他而喪命。雖然直接動手的是直美，但雅人無疑是幫凶。雅人事到如今才因為罪惡感而發抖。然而走到這一步已經無法回頭，只能和直美繼續欺騙這些刑警。雅人將微微低下的頭用力抬起。

——哎，警察算不了什麼。尤其是烏賊川警局的傢伙，太好應付了！

雅人像是要激勵自己，在內心倔強大喊。

此時，大概是該說的都說完了，沒看出真相的砂川警部慢慢從椅子起身，悠哉走到牆邊，從唯一的窗子往外看，輕輕「呼」地嘆了口氣。看他背影隱約洋溢的氣息，令人聯想到往年警匪連續劇裡的石原裕次郎、丹波哲郎或二谷英明。

「不過這件案子真是奇妙。志木刑警，你不這麼認為嗎？」

「嗯，砂川警部，我也完全這麼認為。這件案子實在是不可思議。」

「以為是被害者的男性，其實是自私的殺人凶手。而且多虧他的謀殺計畫，反而是嫌犯的不在場證明成立。真相差點就埋沒在黑暗之中。」

「即使如此，看來這件案子最後還是水落石出了。回想起來，『二刀流』的店長是大功臣。要不是他觀察入微，我們肯定沒想過，出現在店裡的高級西裝男性，居然是酷似一彥的別人。那位店長漂亮看穿……嗯？」

「志木，怎麼了？」

「警部，這樣是不是怪怪的？」志木刑警摸著下巴說。「派北山雅人到那間咖啡廳當替身的人，是姉小路一彥吧？」

「當然。北山本人不就這麼自白了嗎？」

「那麼，一彥為什麼要北山雅人戴假髮？不，我不知道那是戴上假髮、黏上髮片還是灑上魔法粉，總之一彥把北山雅人隱瞞稀疏的頭頂，打造成他自己的替身對吧？」

「就是這麼回事。」

「為什麼要做這種麻煩事？明明不需要這麼做，姉小路一彥與北山雅人也是連禿頭程度都一模一樣的兄弟……」

瞬間，砂川警部露出頓悟的表情。直美的側臉也透露驚愕的神色。雅人一時差點大喊「你說誰是禿頭啊！」，好不容易才克制這股衝動。因為他察覺要是現在開口將會自掘墳墓。

沉默雅人的視線前方，砂川警部眉頭深鎖，雙手抱胸。「嗯，一彥在盆藏山墜崖喪命。他的假髮確實掉落在屍體旁邊。另一方面，出現在『二刀流』的替身也遮住禿頭部位。這沒什麼好奇怪的吧？」

「是嗎？警部，一彥戴假髮是在所難免。男人想在情人面前隱瞞頭髮稀疏的事實也是天經地義。一彥總是這樣和田代直美見面吧。在她酒吧喝酒的時候，一彥肯定也戴著假髮。」

「咦，不會吧！」直美不禁輕聲一叫。「那……那個人戴假髮……」

看到直美驚訝的模樣，雅人也打從心底驚訝。事到如今講這什麼話？他好想這樣大喊。

志木刑警聽她這麼說完，繼續述說自己的推理。

「所以姉小路一彥出發殺害田代直美的時候，當然也戴著假髮吧。因為這是兩人見面時的慣例。不過就算這麼說，為什麼在咖啡廳當替身的弟弟也要把禿頭藏起來？北山雅人要讓『二刀流』的店長認定姉小路一彥在店裡吧？既然這樣，就完全不需要把最大的特徵，也就是很像河童的頭頂藏起來，反倒應該讓大家看得清楚吧？就是因為故意隱藏起來，才讓店長留下『頭頂不太一樣……』這個多餘的印象。」

居然會這樣！雅人啞口無言。雅人為了讓自己更像一彥，以魔法粉隱藏毛髮稀疏的頭頂。然而這是反效果。因為隱藏頭頂，使得原本一模一樣的雅人與一彥外表出現明顯的差異。所以那個店長光是朝雅人頭頂一瞥，就看出兩人的差異。

「唔，嗯，志木說的確實沒錯……也就是說，這是怎麼回事？」

「如果姉小路一彥拜託北山雅人當替身，就不可能隱藏弟弟的禿頭。反過來想，拜託北山雅人當替身的應該另有其人。原因在於，這個人只見過戴假髮的一彥……」

志木刑警像是能射穿人的視線，筆直朝向田代直美。「不對……不對……」一身連身裙宛如喪服的美女，晃著長長的黑髮搖頭。然而這場勝負的結果，任何人都能看得一清二楚。雅人與直美垂頭喪氣說不出話。兩人面前的志木刑警，以沉著的聲音說出自己推理的結論。

「警部，這不是殺人反被殺。是偽裝成殺人反被殺的普通凶殺案。」

逆思流

要是沒有偵探就好了

（原名：探偵さえいなければ）

作者／東川篤哉　譯者／張鈞堯
榮譽發行人／黃鎮隆　總經理／陳君平
協理／洪琇菁　國際版權／黃令歡
執行編輯／呂尚燁　美術主編／李政儀
企劃宣傳／楊玉如、洪國瑋
出版／城邦文化事業股份有限公司　尖端出版
台北市中山區民生東路二段一四一號十樓
電話：（〇二）二五〇〇七六〇〇　傳真：（〇二）二五〇〇二六八三
E-mail：7novels@mail2.spp.com.tw
發行／英屬蓋曼群島商家庭傳媒股份有限公司城邦分公司
尖端出版　行銷業務部
台北市中山區民生東路二段一四一號十樓
電話：（〇二）二五〇〇—七六〇〇（代表號）
傳真：（〇二）二五〇〇—一九七九
讀者服務信箱：sandy@spp.com.tw
中彰投以北經銷（含宜花東）／楨彥有限公司
電話：（〇二）八九一九—三三六九
傳真：（〇二）八九一四—五五二四
雲嘉經銷／威信圖書有限公司　嘉義公司
電話：（〇五）二三三—三八五二
傳真：（〇五）二三三—三八六三
客服專線：〇八〇〇—〇二八—〇二八
南部經銷／威信圖書有限公司　高雄公司
電話：（〇七）三七三—〇〇七九
傳真：（〇七）三七三—〇〇八七
香港總經銷／城邦（香港）出版集團有限公司
香港灣仔駱克道193號東超商業中心1樓
電話：（八五二）二五〇八—六二三一
傳真：（八五二）二五七八—九三三七
E-mail：hkcite@biznetvigator.com
馬新經銷／城邦（馬新）出版集團　Cite(M)Sdn.Bhd.
E-mail：Cite@cite.com.my
法律顧問／王子文律師　元禾法律事務所
台北市羅斯福路三段三十七號十五樓
二〇一八年九月一版一刷
二〇二二年一月二版一刷

■中文版■

郵購注意事項：
1. 填妥劃撥單資料：帳號：50003021戶名：英屬蓋曼群島商家庭傳媒（股）公司城邦分公司。2. 通信欄內註明訂購書名與冊數。3. 劃撥金額低於500元，請加附掛號郵資50元。如劃撥日起 10～14日，仍未收到書時，請洽劃撥組。劃撥專線TEL：(03) 312-4212 ・ FAX：(03) 322-4621。E-mail：marketing@spp.com.tw

國家圖書館出版品預行編目資料

要是沒有偵探就好了 ／ 東川篤哉 作 ; 張鈞堯 譯. / .
--二版. --臺北市：尖端出版, 2022.01 面 ; 公分.
--(逆思流)
譯自: 探偵さえいなければ

ISBN 978-626-316-380-5(平裝)

861.57 110020189